じん(自
Story:Jin Illustration:Sidu
插畫:しづ

KAGEROU DAZE 陽炎眩亂

7

-from the darkness-

Kadokawa Fantastic Novels

CONTENTS

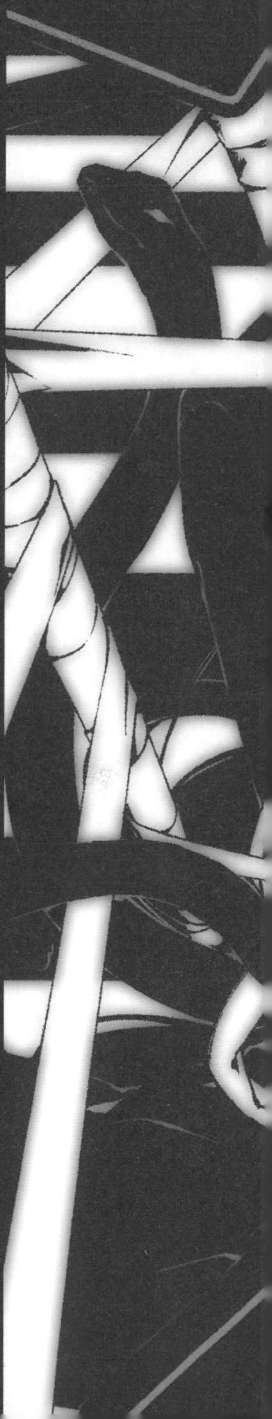

Children Record side -No.1- (1)

……好冷。簡直就像是躺在寒冷的冰塊上一樣。

剛剛有某個東西在左胸附近綻開，在那之後過了多久呢？

眼睛還看得見。看得見手槍槍口筆直瞄準著這裡。

啊，原來如此，我是被那個東西打中了啊。所以我才會倒在地上。也就是說，時間應該沒過多久吧。

那傢伙……ＳＨＩＮＴＡＲＯ那傢伙不知道怎麼了。那樣的傷勢，可能已經沒救了。

……不，這可難說。搞不好會發生一些事情也說不定，就像過去的我一樣。

不過……我多半已經不行了吧。原本這條命就是僥倖撿回來的。想發生兩次奇蹟，世界上才沒有這麼好的事。

……有個人正在大喊些什麼。回音太大聽不太清楚，不過……是ＭＡＲＩ吧。

什麼嘛，耳朵已經不中用了嗎？明明前陣子才剛買一副新耳機耶。事先錄好的連續劇，還有原本計劃週末去看的電影，我一直都很期待……但看來是沒辦法看了。

就算只有他們也好，我能不能努力設法讓他們逃走呢？我並不認為逃離這裡，命運就會有所改變。只是，如果讓那個傢伙——讓那個怪物繼續恣意妄為的話，未免太殘酷了。

視野開始模糊。那傢伙臉上噁心的笑容也扭曲起來。

啊，連眼睛也不能用了啊。沒時間了。最後這一刻，我已經什麼都不能做了嗎？

……等等啊。我好像忘了什麼事。

到底是什麼事？很久很久以前，我好像做了某個非常重要的約定。

對了，這個能力……我第一次用這個能力消除的東西……到底是什麼？

快點想起來，木戶(KIDO)蕾。那一天，我……人家到底看到了什麼？

回溯吧，我的記憶。

倒回去那一天，那個時候……

失想Word 1

「小蕾一直都在聽音樂呢。妳喜歡音樂嗎？」
……嗯，我喜歡音樂喔。
「其實媽媽以前啊，有一段時期是在舞台上唱歌的喔。雖然只是個小舞台，不過那時候真的很開心呢。客人們都會配合我的歌聲一起『哇！』地歡呼。欸，小蕾有想過將來成為一個歌手嗎？」
……沒想過耶，因為我只喜歡聽而已。
「是嗎是嗎？媽媽也很喜歡聽音樂，所以很能理解妳的感受喔。」
……妳很失望吧。看妳一臉失望的表情。
「怎麼會呢，不是這樣的啦。聽到小蕾也喜歡媽媽喜歡的東西，媽媽真的好開心。以前妳還是小嬰兒的時候，媽媽就一直想著將來如果可以一起聊聊喜歡的曲子就好了呢～」
是這樣嗎……？

「欸，小蕾。下次一起去參加哪個歌手的演唱會吧。同樣的曲子，在會場聽的音量會變得更大聲，感覺完全不一樣喔。小蕾應該也會聽得很高興吧……」

——不是的，媽媽。

我的喜歡，並不是媽媽想的那種「喜歡」。歌詞啦，歌曲什麼的……那些東西根本無所謂。

只有在音樂透過耳機傳入耳中的時候，我才有辦法不去在意其他任何事，所以才會聽音樂。

這麼一來，不管是室外呼嘯而過的吵雜汽車聲，或是媽媽疲憊憔悴的臉，還有醫院的事，全部都可以忽略掉。

只要閉上眼睛，把一切都託付給音樂，自己彷彿就會融合在樂聲裡，漸漸變得透明……

這樣讓人覺得很舒服。

沒有其他人，連自己都不存在——感覺像是來到了這樣的世界，令人非常安心。

所以說，媽媽。請妳不要這樣一臉開心地看著我。請妳不要誤以為自己的夢想實現了。

我不是媽媽想像中的那種小孩，因為媽媽希望我做的事情，我一項也做不到。

……啊，我非醒來不可了。

那就下次見了。晚安，媽媽。

我融化在靜謐搖蕩的樂聲之海裡。

旋律轉化成浪濤，層層疊疊地拍打沖刷，將自己帶到某個得不到任何意義的地方。

忘記所有的一切，連自我也一起消失。如果能去那樣的地方，不知道該有多好。

媽媽昔日的身影，漸漸消失在樂聲的起伏之間。

當時無法化為「語言」的回憶，也隨著她的身影逐漸遠去，而自己只是默默無言地望著這一幕。

失想Word 2

我忽然注意到眼皮外側滲透進來的陽光。

睜開眼睛，眨了幾下之後，方才在熟睡狀態的身體漸漸清醒過來。

直到剛才都彷彿透明塑膠袋般在輕盈樂聲裡蕩漾的身體，正一點一滴地找回厚重的紮實感，而現在已經可以明確察覺到自己深陷在床舖當中的模樣。

即使皺著眉頭心想「唉，真討厭。本來還想再睡一下」也已經太遲了。應該說，我原本就相當淺眠，其實根本不知道要如何從這種狀態下再次回到睡眠的世界。

認命地拿下戴了一整晚的耳機，馬上感受到血液被緩緩送進了飽受壓迫的耳朵裡。

耳機裡持續傳來的音樂戛然而止，取而代之的是現實世界製造出來的各種「聲音」振動著鼓膜。那是我最討厭的、生硬不帶溫度的外部世界聲音。

「唉。」口中嘆出一口氣，我撐起沉重的身體。擺放在正前方的花俏奢華全身鏡裡，不偏不倚地反射出一張同樣豪華絢爛的附公主床幔的床。

端坐床鋪中央，一個頂著剛睡醒的毛躁亂髮，滿臉憔悴的人正凝望著自己。

「……早安。」

我開口這麼說，而鏡中的鳥窩頭也同樣動著嘴巴。

可恨的早晨今天也擅自來臨了。

我稍微伸展手臂，朝著窗戶方向看去，明朗的春光穿透在庭院裡的山茱萸上，不斷反覆地閃閃發光。

這個時期明明還殘留著寒意，花期較早的山茱萸卻已經出現了滿開的徵兆。看著那隨風搖曳的淺桃色花瓣，我腦中忽然浮現出「楚楚可憐的花朵」這句話。

楚楚可憐的花朵。這句話聽起來的感覺很棒，可是對我來說，這同時也是一句印象糟糕至極，有點不太想聽見的話。

我的名字叫做「蕾」。「蕾」這個字的意思就是「尚未綻放的花朵」。

以前曾經問過媽媽為什麼選了這個字當成我的名字。

記得理由好像是「可以成為任何一種楚楚可憐的花，隱藏著無限的可能」的樣子。

如果是普通女生聽到這個理由，就算高興到跳起來大喊「哇啊！謝謝妳幫我取了這麼可愛的名字，媽媽！」大概也很正常。

事實上，第一次聽到我的名字的人，也都毫無例外地表示「真是好聽的名字啊」。

楚楚可憐，擁有無限的可能，受到萬人喜愛的字眼。

「……跟那個比起來，妳這傢伙哪裡楚楚可憐了？」

真要說的話，鏡子裡那個面無表情地盯著自己看的鳥窩頭，只會讓人聯想到「雜草」之類的詞彙，而不是什麼「花蕾」。不管怎麼想，「蕾」這個名字真的一點都不適合我。每次被人呼喚這個名字的時候，都會覺得他們似乎在嘲笑著「妳這傢伙到底哪裡像『花蕾』」了。

雖然這樣很對不起媽媽，不過說實話，我不太喜歡這個名字。

繼續沉浸在憂鬱的心情時，鏡子裡原本就怏怏不樂的「小蕾」表情也跟著變得更加灰暗，所以我總算決定下床。

穿上昨天晚上隨便踢在床邊的拖鞋，朝著房門慢慢前進。房間裡的空調，讓室內維持著不會太熱的舒適溫度。

我拖拖拉拉地走在編織了精巧大象花紋的地毯上，才剛好走到房間的正中間，前方的房門忽然咚咚咚地響起了敲門聲。

「噫……！」

我原本完全放下戒心，此時反射性地挺直了彎腰駝背。明明一點也不熱，卻能感覺到全身上下都冒出了大量汗水，黏黏的感覺很不舒服。

運轉速度還相當遲緩的腦袋，總算想出了聽到敲門聲時應該如何正確應對，於是我立刻張開嘴巴。

張開嘴巴。嘴巴的確是張開了……但是最重要的「話語」卻怎麼樣也說出不出來。

「蕾，妳已經醒了對吧。如果醒著的話，稍微回應一下總可以吧？」

彷彿高級綢緞一般細緻、淡漠、凜然的聲音。

即使隔了一扇門仍然充滿魄力的那道聲音，讓我像隻被蛇盯上的青蛙一樣，全身僵硬。

毫無疑問。現在站在門後面的就是那個人。必須快點做出正確的回應……

我越想腦筋越混亂，結果拖了很長一段時間。

「……夠了。我要開門了。」

短短兩句話，房門應聲敞開，門外那個身影，正是讓自己全身僵硬的聲音持有者——我的姊姊木戶凜。

偏紅色的頭髮整齊地紮在腦後，背脊筆直的站姿，即使是大清早，也看不出絲毫破綻。過去我從未見過像她這樣以身體來表現名字的人類。文武雙全，才色兼備。世界上再也沒有比她更適合背負「凜」這個字的人了吧。

相較之下，我則是頂著一頭跟雜草沒兩樣的亂髮，還是一樣努力地讓嘴巴一開一合。

「那、那國……早……早歪……」

聽到自己這甚至不像是人話的招呼，姊姊先是「唉」地嘆了一口氣，然後皺起眉頭。

「蕾，我並不是為了嚇妳才過來的。妳應該了解這一點吧？」

當然，這種事情我當然了解。我知道姊姊並不是以嚇人取樂的人，也知道她現在為什麼會皺著秀麗的臉。

可是知道歸知道，腦袋和嘴巴卻始終連接不起來。我就是說不出「是的，我知道」這句話。

正狼狽不堪的時候，姊姊的眼神開始變得尖銳，語氣也變得更加強烈。

「……如果只是保持沉默，那就跟路邊的野草沒什麼兩樣喔，蕾。」

姊姊的話語彷彿刺在身上。原本僵硬的身體，開始漸漸發起抖來。

我……對於「說話」這件事，真的很不擅長。

醫生診斷認為不是因為有腦的疾病或是喉嚨有病之類的問題，我自己也有自覺。

如果房間裡只有自己一個人，我就能流利地講話。可是，一旦試圖傳達某些事情給別人知道的時候，就會忽然說不出半個字。

其實在前一陣子，狀況還沒有這麼嚴重。聽到「早安」還可以回答「早安」，也不曾覺得「是」或「不是」之類的回答這麼難說出口。

現在變成這樣的理由很單純，是因為有一天，在兒童館裡遇到的一個男生取笑我的說話方式。

那一定不算是扯著嗓門大聲罵我之類的吧。周圍的大人們似乎也都認為不過是件小事，只說了句「好好道歉，然後結束這件事吧」便草草帶過。

可是，我就是沒辦法這樣輕鬆忘掉。

在那個時候，在那一刻之前，對於從來不曾客觀意識過自己的話語和聲音的我來說，那個男生說出來的話，分量重到難以想像的地步。

「自己和他人相比，是不是有什麼地方不一樣？」當這個想法從腦中掠過的瞬間，眼前頓時一片黑暗。

之後等到回過神來，才發現自己完全不理會周圍大人們的制止，正在使盡全力毆打那個男生。

就整件事情來說，對方的狀況比較嚴重，所以媽媽在那之後好幾天，都去向那個男生的父母不斷不斷地低頭道歉。

從那天開始，我就盡全力避免和別人說話，最後漸漸變得膽小到連一句簡單的話都不敢說。

「……我知道了，算了。」

可能是因為等得不耐煩了，環著手站在走廊上的姊姊一說完話，終於邁開腳步走進房間。

啊，又搞砸了。不管她問了什麼都不回應，連一個簡單問題都回答不出來，她會生氣也理所當然。

我忍不住低下頭去，山茱萸的影子在腳底下的地毯上搖曳生姿。楚楚可憐的花瓣，即使變成影子也一樣動人。

……真是的，我真的厭倦了。不管是這個聲音、這個名字，還是所有的一切。

媽媽以前到底對我的未來有著什麼樣的期待？說不定她期待的是莊嚴高貴、意志堅定的女性吧。

只是我已經永遠不可能知道她真正的想法了。因為我沒辦法向已經不在世上的人發問。

不對，就算媽媽還活著，對於連一句話都沒辦法好好說出口的自己來說，「發問」這種事情終究還是辦不到。

在以前那間小小的公寓裡，我和媽媽到底交談過幾次呢？

沒錯，我從那個時候開始就沒有任何改變。將來這一輩子大概都會是這樣。

我根本不可能成為媽媽想要的那種楚楚可憐的花朵。

想到這裡，窘迫和悲慘的心情，讓眼頭熱了起來。

姊姊的腳尖踩在山茱萸落下的影子上，近在眼前。我低著頭朝上看向姊姊，正好看到她舉高了她的手。

「……！」

抱著挨一巴掌的覺悟，我緊緊閉上眼睛。

……可是，臉頰上卻一直沒有傳來痛楚。

取而代之的是頭頂位置傳來了某種柔軟的觸感，像是在撫平亂翹的頭髮似的。

「……？」

出乎意料的觸感，讓我忍不住睜開了緊閉的眼睛，再次看向姊姊的臉。

臉上雖然沒有笑容，卻也不像是在生氣的樣子。姊姊只是表現出毅然決然的態度，低頭凝視著我。

然而最奇怪的是，姊姊的手不但沒有揮向我的臉頰，反而一直摸著我的頭。雖然可能也有這種發怒方式，不過至少自己從來不曾體驗過就是了。

當我正在混亂的時候，姊姊緩緩張開嘴巴，這麼說道：

「麵包和米飯，選一個妳喜歡的。」

……麵包和米飯？如果是這兩個，那我比較喜歡米飯。飯可以搭配各種配菜，而且我本來就很喜歡米的味道。

可是，為什麼現在要問這種問題？自己這樣說可能有點奇怪，不過以整件事的走向來說，我現在應該正在挨罵才對吧？

例如「在妳說出妳不做回應的理由之前，不准妳離開房間」之類的，如果是這種話，那我還有辦法理解，可是在這種狀況下問我喜歡麵包還是米飯……

「啊！」

腦中靈光一閃，我忍不住喊了一聲。

明明每次重要時刻都派不上用場，卻只有在這種時候才擅自發出聲音，這張嘴巴真是太沒用了。

不過姊姊對我發出的聲音沒有做出何反應，只是一直默默等待回答。

看到她這副模樣，我開始渾身發抖。

「麵包」和「米飯」……這果然是用來代表某種「處罰」的暗號。

這麼一想，很多地方都對得上了。連續劇裡就經常出現讓人選擇自己的死法之類的對話，而且主謀又是親姊姊的話，肯定完美得像幅畫。

再加上運用「麵包」和「米飯」這種看似無害的詞彙，詭譎的感覺又更深了一層。

如果那是某種處罰，自然可以輕易想像出來不是疼痛就是苦悶，只是問題在於處罰的內容。

至於麵包讓人聯想到的東西，全是壓扁、烘烤之類的恐怖玩意兒。

那麼米飯怎麼樣？……嗯，雖然只能想到炊熟，不過那也已經夠恐怖了。

唉，到底要回答哪一種才比較有利呢？如果回答兩邊都討厭的話，對方會不會說「那就選麵吧」之類的？那也很慘啊，不是水煮就是火炒。

還是選麵包吧。不對，選米飯……

「蕾。」

「我、我選米飯！」

一聽到自己的名字，「米飯」二字立刻反射性地脫口而出，而且音量還大得驚人。

姊姊似乎也被這音量嚇了一跳，不過最驚訝的人還是我自己。從出生到現在，這搞不好是我第一次發出這麼大的聲音。

全身上下的血液彷彿一口氣流光。自己在無禮至極的狀況下做出了更加無禮的事，一切都完了。

在這之後的處罰，大概不是「米飯」程度就能了事。我甚至可以預測到最糟糕的情況「炒飯」。先炊熟，然後再用大火翻炒。

我還在想著這些無聊事情的時候，姊姊堅毅的表情為之一變，露出燦爛的笑容。

雖然不知道姊姊為什麼露出這種表情，不過自己仍然粗神經地想著「啊，她果然好漂亮」，一不小心就看呆了。

姊姊把放在我頭上的手輕拍了兩下，隨後彎下腰來，對上我的視線。

「知道了。今天就讓他們準備特別好吃的飯吧。」

這句話聽起來和她平常凜然的聲音並無二致，卻多了一股深深沁入內心的溫情。

啊啊，到底該怎麼做，才能像這樣傳達話語呢？總覺得自己越來越憧憬她了。

姊姊說完這句話之後便轉過身去，步履輕快地離開了。

我愣在原地好一陣子，然後才想到「特別好吃」這句話搞不好代表了處罰的嚴重程度，開始害怕起來。不過還是盡量打起精神，把自己好好打理一番之後，前往用餐處。

吃早飯期間，姊姊的心情一直很好。可能是因為父親的工作相當順利，也提到了最近剛開始發展的新事業話題，所以才會這麼開心吧。

後來，雖然我這一整天都過得戰戰兢兢，不過始終沒有受到看似「米飯」的處罰，就這樣迎來了夜晚。

我胡亂踢掉拖鞋，鑽進被窩，然後一如往常地將耳機緊緊壓在耳朵上。直到這時我才忽然注意到一件事，那就是今天早餐搭配的白米飯，似乎特別好吃。

Children Record side -No.7-

我對自己的頭腦並沒有過度的期待，但也從來不覺得自己笨到哪裡去。

考試分數都是高標，全國模擬考也曾拿過個位數。我說的個位數當然是指名次。

因為如此，當時腦袋不太靈光的妹妹自然理所當然地依賴著我。我雖然為人硬派，但平時囂張得要命的妹妹一邊哀求「哥哥幫我一下嘛」一邊擠過來，我也只好勉為其難地指導她的功課。從這一點應該也能看出我的頭腦素質絕對不算低。

當然不只這樣。

以前班上等級頗高的茶髮女生也曾對我搭話說「伸太郎同學的腦筋真好～」。呼呼，真是不錯的回憶。

……不對，等等，我搞錯了。那個時候我只回答了「嗯喔啊……」就繼續打瞌睡去了。

這根本是不好的回憶嘛！可惡。還是忘了吧。

總而言之——

我相當自負自己的腦筋算是動得很快的。只要聽過一次，就能理解大多數的事情，記性也很不錯。簡單來說就是所謂的頭腦派。專門動腦的人。

可是現在，這優秀的腦袋卻讓我相當苦惱。

畢竟我現在面對的是稍微有點……不對，不是稍微呢。相當……不不不，應該是「破天荒」麻煩的狀況。

八月十七日，凌晨兩點。

昏暗的燈泡下方，目隱團祕密基地的客廳正籠罩在一股沉重的低氣壓當中。

在各種詭異玩具，以及根本不知道來自什麼國家的噁心擺飾品包圍下，我們彼此面對面坐在椅子上。看在他人眼中，大概會以為是祕密組織的幹部會議吧。

不過，大致上也沒說錯。這個目隱團的成員就是超能力者和異常分子，什麼鬼東西都有。就可疑程度來說，其實並不會輸給其他神祕團體。

率先打破這凝重氣氛的人，是留在客廳裡的四個團員之一——團長ＫＩＤＯ。

ＫＩＤＯ緩緩張開嘴巴，眼中閃過一道凌厲的光芒，以強烈的威脅口吻這麼說道：

「……所以，你還有什麼事情沒交代嗎？」

被KIDO狠狠瞪視的團員，也就是今天的第一被告人KANO，肩膀重重抖了一下。

「呃，那個～……啊哈哈……沒有了。」

KANO臉上看不見平常那種輕浮的笑容，而是一臉蒼白，冷汗流個不停。

雖然有點同情他，不過沒辦法。老實說，其實我也有點生KANO的氣。

哎，雖說每個人都會有一兩個不為人知的祕密，這也就算了。像我也有一兩個隱藏資料夾……五個？不對，可能超過二位數？總之，差不多就是那個數字。

可是呢……

變成朋友或家人的模樣，再模仿他們的行為舉止假裝是本人，這就有點不妥了。

首先是昨天深夜，他變成MOMO的樣子前來挑釁我。在KANO坦白一切之後，MOMO自己似乎不太在意，但我的心情就不怎麼好了。

那也理所當然。某個不是我妹的人裝成她的樣子，做出不妥當的事情，實在是天理難容。我這個當哥哥的，反應當然是NO。

此外還有兩年前的那一天，他用AYANO的模樣指責我。說真的，KANO坦承這件事的時候，我遭受的打擊更大。

兩年前就是聽到了那句話，讓我再也無法外出，苦惱得要命……有好幾次我都在想乾脆真的去死算了。

ＫＡＮＯ就是做了如此過分的事。

我想，如果這次只聽到這一部分的事實，我大概不會原諒他，而且還會恨他一輩子也說不定。

可是這傢伙……把所有事情都說出來了。

從兩年前的那一天到今天為止，ＫＡＮＯ只憑他孤身一人，為了幫助ＡＹＡＮＯ四處奔走。

我們沒能在高中時期注意到的ＡＹＡＮＯ的煩惱，這傢伙一直背負在自己身上。

如果這是事實，那麼兩年前ＫＡＮＯ以ＡＹＡＮＯ的外型對我說的那句話——也就是「全部都是你的錯。都是因為你什麼也沒發現」……真的一點都沒說錯。

沒錯，那句話本身真的一點錯也沒有。因為我們完全沒有注意到任何將ＡＹＡＮＯ捲入其中的異常狀況。

得知親生父親被無法理解的怪物侵蝕，連自己的弟妹和學長姊的生命都有危險……ＡＹＡＮＯ當時到底是什麼心境呢？

搞不好連平常無關痛癢的會話當中，都潛藏著求助之語也說不定。

而我完全沒注意到那些話，全部左耳進右耳出……

……如今再怎麼後悔都沒用。如果我們能稍微注意到一點蛛絲馬跡，ＡＹＡＮＯ說不定就不會被……

說不定不需要被「KAGEROU DAZE」吞噬，就能解決問題了。

持續以殺人視線注視著ＫＡＮＯ的ＫＩＤＯ，可能是被ＫＡＮＯ不斷發抖的模樣搞得怒氣全消，只見她重重嘆出一口氣，垂下了頭。

長年共處的家人，隱瞞著如此巨大的祕密。ＫＩＤＯ的心情肯定相當複雜。

而且內容也是個問題，可能很難馬上接受也說不定。

ＫＡＮＯ一臉擔憂地凝視著看向地面、不發一語的ＫＩＤＯ。現在不難猜出他心中的想法。

他心裡肯定不是「不想挨罵」這種淺薄的念頭。因為對方是自己不惜獨自背負這令人頭暈目眩的絕望，也想要保護的家人。

ＫＡＮＯ所畏懼的，應該是擔心ＫＩＤＯ聽完這些話之後，會不會像自己一樣陷入絕望之中。

每個人都會有一兩個不為人知的祕密。然而大多數情況下，這些祕密都是為了讓自己明哲保身。

關於這一點，這傢伙則是……完全沒有想到自己。

像個笨蛋似的，一直保護著家人……孤身一人面對著讓人想要摀住眼睛的現實。

ＫＩＤＯ抬起了原本低垂的頭。

如果她打算說出更加苛責的話，那麼再怎樣我也會出面阻止。不過現在看來似乎不必操這個心。

ＫＩＤＯ不悅地嘟起嘴唇。

「……為什麼不早點講，你這個笨蛋。我們可是家人啊。」

抱怨完畢之後，ＫＩＤＯ再也沒有開口追究。

聽到這句話，ＫＡＮＯ瞬間露出了泫然欲泣的表情，但他馬上隱藏起來，訕笑著回答：

「下次我一定會說的。」

將他們兩人……不，將我們所有人都捲進去的「異常狀況」，多半不是可以輕鬆攻略的東西。

我們眼前有個名為「死亡」的絕望前提，至於迴避該前提的計畫，至今還沒有籌劃出來。

然而如此近距離地感受到他們兩人的牽絆之後，我出現一個想法。

坦承祕密並接受，大家一起攜手前進。我相信「目隱團」最強的地方一定就在這裡。

即使面對的是「命運」或「沒天理」這種強敵，這份力量也絕對不會產生動搖。

縱然是獨自一人無法對抗的敵人，這些傢伙們早就已經擁有可以與之一戰的最佳武器了。

……哎呀呀。

看在我這個旁人眼中實在提心吊膽，不過不管怎麼說，這些傢伙其實是很不錯的兄弟姊妹啊。

ＫＡＮＯ似乎也打從心底反省過了，我也不想再說什麼。
畢竟必須解決的問題還像山一樣高，都快變成聖母峰了。
要是再不處理主要問題，時間上就有點……

……正當我在思考這些事情的時候，視野一角忽然瞄到黑色長髮晃了晃。
喂喂喂，給我等一下，那傢伙幹嘛站起來？該不會是打算逃跑吧？
如我所料，那傢伙正打算把ＫＩＤＯ和ＫＡＮＯ醞釀出來的氣氛當成掩護，偷偷摸摸地朝著玄關方向移動。
「……妳是想去哪裡啊？說啊？」
聽到我的話之後，那個打算背著我們悄悄消失的傢伙頓時停下腳步。
放任自由生長的黑髮隨意綁成了雙馬尾，身上那件和ＫＩＤＯ借來的白色連帽外套尺寸似乎相當不合，看起來鬆垮垮的。
「沒、沒有啦，只是去個廁所……」
那傢伙露出僵硬的笑容，一邊努力用她凶惡的眼神轉移焦點一邊這麼說，結果ＫＩＤＯ馬上毫無慈悲心地回應「十分鐘前才剛去過吧。頻尿嗎？」。

那傢伙似乎還想試著繼續找理由，不過最後大概還是放棄了，只見她垂頭喪氣地回到我對面的沙發上。

噗的一聲坐下的本日第二被告人榎本貴音，表現出和兩年前一模一樣的惡劣態度，冷漠地把臉撇向旁邊。

「……所以，還有什麼事要說嗎？」

看到榎本滿不在乎的態度，我右邊太陽穴附近爆出了某種東西斷線的聲音。

「妳這傢伙……就那點程度的說明，怎麼可能把我這充滿屈辱的一年全部打發掉啊……！」

聽到我充滿怨恨的發言，榎本先是用鼻子「哼！」地笑了一聲，然後毫不內疚地說道：

「什麼屈辱，明明每次都是你自找的吧？不過就是你藏在電腦裡的色情影片被人看到，就在那邊哇哇叫……那部影片叫什麼名字來著？記得是『祕藏！超級色情絲襪』……」

啊！竟然一開口就是禁忌絕招嗎！

設置在我腦內的「自我色情系統」全體發出了緊急狀況宣言，身上所有毛孔都大量噴汗。

為了盡快結束這個狀況，我像是跳起來似的快速起身。

「啥啊啊啊！妳……我說妳啊，那是個人隱私……對！那是個人隱私好嗎！」

……全體沉默。

不用看也知道。ＫＩＤＯ冰冷的視線，狠狠刺在我的右臉上。

至於ＫＡＮＯ，他可能還在反省剛剛的事，沒有像平常一樣笑到滾倒在地，可是臉上卻面無表情到有點噁心的程度，一直朝我這裡看來。這個混蛋，肯定用了他的能力吧。

另一方面，榎本似乎對我驚慌失措的模樣相當滿意，不懷好意地「噗噗」笑了，將鬆垮垮的連帽外套袖口壓在嘴邊。

啊，可惡，這樣看起來真的像到不行。為什麼我至今都沒有發現呢？如果有機會見到過去的自己，我真想告訴他「總之先把所有電子產品全部砸掉，然後隱居到深山去」。

榎本繼續奸笑著說了下去：

「哎呀～不過話說回來，你在學生時期明明裝出一副清高的形象啊。想～不～到～背地裡竟然有那種興趣，真是讓人嚇一跳呢～哎呀哎呀，真是傑作、傑作啊……」

「妳、妳這傢伙……！」

榎本露出了彷彿不屬於這個人世的邪惡表情，持續發動著陰險話語的攻勢。

我一邊拚命鎮壓著快要因為憤怒而燃燒的腦神經，一邊咬牙忍耐。

可惡啊。我根本沒料到這傢伙竟然會現在才殺出來。

而且還是在這種最糟糕的狀況下……！

幾個小時前——

我因為爬山而累垮，整個人倒在沙發上的時候，這傢伙忽然伴隨著一句散漫的招呼「唷！」蹦了出來。

應該說是孽緣嗎？因為榎本是遙學長唯一一個同班同學，所以從以前開始就會不時和她見到面。

當時這傢伙一年到頭都跟遙學長黏在一起，一起吃午餐是理所當然，連假日都曾經在電動遊樂場不期而遇。

如果問我們是不是朋友，肯定彼此都會說「不是」，交情差到極點……不過呢，她也不是什麼壞人就是了。

畢竟當時在身邊支持著有點沮喪的遙學長的不是別人，正是這傢伙。

眼神凶惡，舉止粗魯，個性又差勁，有機會就找麻煩，像個惡靈似的女人。不過因為遙學長的關係，我也算是稍微有點認同榎本這個人。

但是，我現在終於親眼見證到，我過去對她的認知到底多麼膚淺。

原本以為這女人像個惡靈，不過根本完全不是這麼一回事。這傢伙是惡靈中的惡靈，就連恐山的巫女看到她，也會嚇到來不及穿鞋就逃走，是個超級惡靈啊！

因為這一年當中，讓我飽嚐各種苦頭的那個大災難……「ＥＮＥ」的真實身分，就是這個榎本貴音。

真的，為什麼會發生這種……不，夠了，這樣實在太詭異了，真的……

如果現在舉辦「世界上最不想被哪個傢伙知道祕密總選舉」的話，就算必須買下所有票券，我也會把所有票都投給「榎本貴音」。如果還有剩下的再投給ＫＡＮＯ。

然而現在不是沉浸在這種妄想當中的時候。因為我最大的弱點，早就已經被榎本摸透了。只要她稍微搓個手，我那可愛的弱點們就會死無葬身之地。

啊啊、啊啊，到底為什麼會變成這樣……難道神已經死了嗎！

榎本臉上依舊掛著醜陋的邪惡笑容，看起來似乎整個人都沉浸在愉悅之中。

看到她那個樣子，我委靡不振的內心又開始燃起了鬥志。

雖然我至今一直採取守勢，不過總不能繼續讓她這樣大肆虐殺。我手中至少還有一個對抗的方法。

畢竟，當她正在充分掌握我的弱點的這一年當中……我就在「ＥＮＥ」的正前方啊。

我燃起反擊的狼煙，緩緩開口說道：

「妳倒是說得很開心嘛，榎本……妳應該沒有忘記，自己說自己是『電腦少女ＥＮＥ』然後又叫又跳地喊著『主人主人』這件事吧！」

如我所料，效果立竿見影。

榎本先是發出一聲丟臉的「啊……」，接著伸手摀住了臉，跌落在地。模樣看起來非常悽慘。

「那、那是因為……使用能力之後，情緒會高昂到搞笑的程度……都、都是因為那樣……」

看著連呼吸都變得上氣不接下氣的榎本，我毫不留情地乘勝追擊。

「啊？妳不是從以前就一直覺得自己是『小可愛』或是『超元氣女孩』嗎？不不不，像妳這種陰沉的女人，腦袋裡竟然裝著這種妄想……這個世界也快完蛋啦，真是夠了。」

我一說完，榎本就像是被貼上一張強力符咒似的發出「呀啊啊啊啊啊！」的慘叫聲，整個人猛然向後仰。我心中的感覺宛如驅魔師……這傢伙果然是惡靈沒錯！快消失吧！快回到妳原本的世界去吧！

這齣鬧劇正如火如荼的時候，背後的房門忽然砰！的一聲打開，MARI的斥責「吵死了！你們以為現在幾點了啊！」傳了過來。

在場所有人都瞬間緊繃，看向MARI的方向，而MARI留下一句「要睡的時候記得關燈喔……」便關上了門。

……啊，總覺得這狀況應該是那個吧。

到朋友家過夜的時候，因為鬧得太凶而被老媽大罵一頓的感覺。

不過我們不能違抗年長者。而且MARI還是超過百歲高齡的超級年長者。

榎本和我互望一眼，臉上各自露出苦悶的表情，然後幾乎同時伸出手來。

「……彼此都忘了這件事吧，伸太郎。」

「……喔。」

我們互相握了握對方手汗淋漓的手掌，訂下休戰協定。

……不對，等等，這傢伙的眼睛完全沒有笑意。她肯定打算一逮到空隙就宰了我。看來這一陣子睡覺必須鎖上房門了。

根據之後的問話，榎本似乎也是在兩年前的那一天接觸了「KAGERO DAZE」，隨後立刻變成了「ENE」的模樣。

她應該是得到了AZAMI日記裡的能力「覺醒」或「清醒」其中之一吧。

「變透明」或「變身」之類的能力比較一目了然，但榎本獲得的似乎是比較難以解釋的能力。

讓精神脫離肉體，並且隨心所欲地操縱。雖然沒辦法讓「ENE」在現實世界當中具體現身，不過以現代的話來說，最貼近的說法應該是「靈體脫離」。

怎麼說呢，這真的是超級適合榎本的惡靈能力。根據KANO的說法，好像「能力也會依照寄宿者的喜好」的樣子，這應該可以說是最好的例子吧。

榎本得到這個能力之後，似乎就在電腦空間裡到處飛來飛去，尋找自己被「KAGERO DAZE」吞噬時失去的身體。

然後最後抵達的地點就是我的電腦。這些就是榎本的說詞。

我為了重新整理出頭緒，深深坐進了沙發裡，降低音調詢問榎本。

「可是，妳為什麼要到我這裡來？應該還有其他可以去的地方吧？」

榎本露出沒什麼大不了的神情，嘟著嘴唇回答：「嗯～因為遙死了，而且ＡＹＡＮＯ也不在了～……」

然後她的眼睛往上盯著我看，說道：

「而且你……總覺得放著不管的話，大概會死掉吧。」

「唔……」

被她戳中核心了。這女人真的不能小看她。

不過我也找不到可以模糊焦點的話。於是我決定直接回應。

「……不，這我不否認。遙學長和ＡＹＡＮＯ都死了，老實說那時候真的沮喪到谷底。」

沒錯。這傢伙以「ＥＮＥ」的模樣出現時，我正在絕望的深淵之中。

我被同時失去朋友和學長的悲傷，以及ＫＡＮＯ假扮的ＡＹＡＮＯ所說的「那句話」困住，差點就要瘋了。

自從ＥＮＥ來了之後，我確實過著充滿屈辱和憎惡的每一天……然而就某方面來說，我也的確被她拯救了。

多虧這傢伙每天都在做蠢事，我才得以不被絕望所吞噬。要是這傢伙沒有出現，搞不好我真的已經……

我正想著這些事情的時候，榎本忽然開始不耐煩地抖著腳。

當我一邊盯著她一邊心想現在是怎樣，榎本馬上露出了再也忍不下去的神情，喃喃說著：「你剛剛說遙和ＡＹＡＮＯ都死了。照理說不是還有另一件事情嗎？」

……啊，什麼啊，原來是這樣。

知道她為什麼不高興之後，我悄悄發出一聲不讓榎本聽見的嘆息。要是不乾脆點，這傢伙會很囉唆，所以我決定把話講出來。

「當然啦，妳兩年前失蹤那件事也讓我大受打擊了。別逼我講出來啦，真是的。」

「嗯，很好！」

聽完我的話之後，榎本似乎相當滿意，臉上露出了一點都不適合她的燦爛笑容。會在意各種小細節這一點，真的完完全全就是「ＥＮＥ」。總覺得我在奇怪的地方，湧現出這就是現實的感覺。

「哎呀，聽到你這麼說真是讓人鬆了一口氣。因為我一直懷疑自己是不是在作夢啊。」

榎本邊說邊垂下了肩膀，屈起原本伸直的膝蓋，盤坐在沙發上。

我猜不透她這句話的意義，反問「妳這話是什麼意思？」而榎本的表情微微扭曲了一下。

「沒有啦，就是我變成『ＥＮＥ』的樣子之後，在網路上到處找了一下。結果竟然沒找到半個關於我失蹤的報導啊。」

榎本露出正經的表情繼續說道：

「遙病死，ＡＹＡＮＯ自殺，還有我失蹤……這些全部都發生在同一天喔！一般來說不是會發展成『好像有點不對勁』的話題嗎？」

雖然她那正確無誤的意見讓人火大，不過我也有同感。

根據榎本所說，兩年前的八月十五日所發生的種種狀況，難以解釋的地方實在太多了。

先不論遙學長「病死」，光是ＡＹＡＮＯ「自殺」和榎本「失蹤」發生在同一天，正常來說就已經相當不尋常了。

應該有某些關連……這才是真正必須懷疑是否為連續事件的事。可是卻連一篇新聞報導都沒有，不管怎麼想都太奇怪了。

我還在猶豫應該如何回答的時候，榎本湊過來發問道：

「話說回來，你那個時候都沒有看新聞嗎？你應該差不多就是從那陣子開始躲在房間裡不出門的吧？」

榎本沒禮貌的態度讓人有點不爽，不過我沒有追究，只搖了搖頭。

「沒看啦。我一點都不想看自己死掉的朋友上新聞……再說，那個時候真的很沮喪，根本沒有多餘的力氣看電視。」

我這麼一說，榎本回應「嗯，這樣啊」，然後一臉內疚似的退了回去。為什麼這份溫婉的態度平常都不出現呢？

「……喔，我在那一陣子有看新聞喔。」

這時，ＫＡＮＯ開口插話了。

「跟貴音說的一樣，關於那些事情，真的完全沒有被拿出來報導喔。老實說，我那時一邊看電視一邊深深感受到一件事。」

ＫＡＮＯ說話的語調略為下降，像是為了加深印象似的接著說道：

「……真的跟姊姊說的一樣，這整座城市都已經被某種『詭異的力量』支配了。」

短暫的沉默。

我想KANO應該不是為了嚇我們才這麼說，不過仔細一看，就發現榎本露出有點害怕的神情，一點也不像她。

不過，這也難怪。

如果KANO所說的「詭異力量」是真的，那麼我們至今一直認為是「常理」的東西，全部都會無法成立。

因為榎本沉默下來，所以我接著說了下去：

「你說的那個『目光明晰』的力量，真的是可以輕易掌握整座城市的能力嗎？」

KANO先回了一句「如果只是指能力很厲害的話，可能不太對」，隨後像是一邊回想一邊開口解釋。

「剛剛也說過，寄宿在爸爸身上的『明晰』之力擁有自我意志。那個『自我意志』的部分非常棘手。應該說是腦袋非常好嗎……總之就是擁有難以想像的大量『知識』的感覺。這只是我的猜測，不過那傢伙自從來到這個世界，應該就開始利用爸爸的身體和其『知識』聚集金錢與力量吧。那才是真正足以掌握整座城市，類似『權力』的東西。」

KANO說完後，一邊換另一隻腳翹起二郎腿，一邊補上一句「雖然聽起來有點像是在開玩笑就是了」。

有點像是在開玩笑……是嗎？

的確，聽起來這麼像玩笑話的事情真的不多。

因為KANO的意思是「一個擁有無比龐大知識量的人類，獨自將整座城市從裡到外重新塑造」。

龐大的知識……如果真的有人能夠網羅從文明發跡到現代科學的所有知識的話，那麼KANO所說的事情就一點都不奇怪。如果「目光明晰」這個能力可以完全掌握所有事物的成立，甚至學到如何操縱人類心理，要想在幕後稱霸並掌握整座城市，也完全不是不可能。

只不過，這是非常「超乎常理」的狀況。

對我們來說，「常理」的思考範圍有其界線，想在沒有任何前提的情況下認同超越常理的存在，實在不是一件簡單的事。

可是──

「常理」是預測出來的，並不是「現實」。

這三天，我親身體驗到自己人生當中學到的，名為「常理」的價值觀，到底有多脆弱。

出現在眼前的「目光」能力者們，與這個世界隔絕的「異世界」，以及巧妙編織而成的「悲劇」……

所有的「超乎常理」互相連結在一起，而現在，我們面臨的是以「現實」為名的，毋庸置疑的事實。

不管腦袋再怎麼質疑，如今現實就擺在眼前，一點辦法都沒有。

事情已經完全脫離相信或不相信的領域了。

「……笑死人了，真的。」

聽見我低聲說出來的這句話，榎本皺起了眉頭。

「我說，剛剛那些話到底哪裡好笑了？你腦袋是不是哪裡出了問題啊？」

「沒出什麼問題啊。妳和ＫＡＮＯ的故事真的相當驚人，而且我也大概了解現在的狀況有多糟。只不過……」

說到這裡，我瞬間猶豫了到底該不該繼續說下去。

如果是昨天的我，大概會說「沒什麼」並試著蒙混過去，最後三緘其口吧。

可是不知為何，我不覺得現在有隱瞞自己真心的必要。所以我沒有斟酌用詞，直接這麼說：

「比起當初躲在房間裡什麼都不知道，現在能夠聽到這些實在好太多了。不管有沒有超脫常理，只要能看清狀況，就能起身面對。應該說感覺爽快多了嗎？該怎麼講……總之就是這種感覺。」

雖然最後沒辦法完美地總結，不過我想說的東西似乎成功傳達出去了。

靜靜聆聽的ＫＡＮＯ似乎也因為我的話而稍微消除了一些緊張感，朝我拋來一句「真是超級可靠啊，我們的新進團員」的玩笑話。

不過榎本似乎還是難以接受，才剛聽到她「唔唔唔」地小聲呻吟，隨後便開口了。

「老師變得很奇怪這件事，以前ＡＹＡＮＯ寄給我的電子郵件裡也有提到過。如果他是使用能力做出這些事，就表示老師在我們入學之前，就已經做了不少準備工作對吧……

遙和老師來往的時間似乎很長，我也是在國三的時候突然被祖父大力推薦那間學校……

結果我們只是為了獲得能力而被聚集起來，然後被殺掉是嗎……」

榎本說完之後，臉上突然露出快要哭出來的表情，低下頭去。

「我一直不願意去想……可是真的什麼都搞不懂了。到底該相信什麼才好呢……」

我無可避免地變得尷尬起來。雖然想開口對她說些什麼，可是再怎麼絞盡腦汁也找不到能說的話。

當我正在傷腦筋的時候，ＫＡＮＯ可能是察覺了情況不對，只見他像是接下這個話題般轉身面對榎本。

「我不是在包庇自己人，不過我猜爸爸多半沒有發現自己是能力者。」

榎本應聲抬頭。不出所料，她的眼眶有點濕潤。

「因為那個能力就像是占據他人自我意識的能力，我想被占據時的記憶應該不會留下來。所以我希望……貴音能相信當初和妳，還有和我們家人接觸時的爸爸。」

聽了ＫＡＮＯ的話，榎本輕咬了一下嘴唇，低聲說出「這樣啊……」之後再次低下頭。

我知道榎本和遙學長都把ＡＹＡＮＯ他們的父親視為「級任導師」，相當崇拜。

然而那樣的人，很有可能一直在策劃殺死自己。這份打擊，實在不是我能了解的。

不過榎本像是進行確認般「嗯嗯嗯」地再三點頭，然後猛然抬起頭來。臉上的表情已經完全恢復成平常的樣子。

「嗯。不管怎麼說，老師都是個好人，我相信他。因為怎麼看都覺得他很不擅長做壞事嘛……還有，真要說的話，其實有種『不起眼』（註：不起眼日文同「不明晰」）的感覺。嗯，全部都是能力的錯。」

說完，榎本像是拋開某種包袱似的，用鼻孔重重「哼！」了一聲。

這理論我雖然不太懂，不過當事人似乎已經說服自己了。

算了，這傢伙要是沮喪起來，不知為何我也會跟著不開心，既然現在能恢復平常的樣子，那就這樣吧。

「可是啊，那個『明晰』不惜把事情搞得這麼大，也要把我們殺掉的理由到底是什麼？都可以做到這麼多事了，為什麼不把我們丟到一邊，做自己想做的事情就好了？」

聽到這句話，ＫＡＮＯ的肩膀整個垂了下去。

「呃，那個……我剛剛沒有說明嗎？」

「嗯，可能有吧，不過我不太懂。」

看著那兩人歪著頭互瞪，我有點傻眼地開口插話。

「『製造出梅杜莎』……這就是那傢伙的目的吧，ＫＡＮＯ？」

「就是這樣。哎呀，有ＳＨＩＮＴＡＲＯ在，事情馬上就能繼續推動下去，真是幫了大忙啊，真的……」

喔。拿榎本的理解能力跟我相提並論，有點令人受傷耶。

果不其然，榎本一邊露出懊惱的神情，一邊說著：「沒有啦，那個我知道啊。就是梅吐沙嘛，梅吐沙。」把自己白痴的一面曝露出來。

ＡＺＡＭＩ的日記也有記載，「目光能力」似乎總共有十種。

根據ＫＡＮＯ所說，將這些能力全部集合起來，讓梅杜莎在現代復活，就是「敵人」的目的。

然而這個「集合起來」的動作就是問題所在。因為將能力成功融合的前提條件，似乎是能力寄宿者的「死亡」。

「敵人」的目的是讓梅杜莎復活……這就等同於除了我之外的「目隱團團員全部死亡」。

這發展真是蠢到家了……

「……這還真是不能不阻止啊。」

我這麼一說，ＫＡＮＯ和榎本像是說好了似的同時點頭。

「總之就是這樣。而且也快沒時間了吧？既然不能不阻止，那就趁早開始吧。」

「也是。不管最後是哭是笑，明天晚上就會全部結束。如果要制定作戰計畫，我也覺得從現在開始最好。」

語畢，KANO伸了一個懶腰。這樣看起來，總覺得這傢伙就像貓一樣。

回頭想想，在這幾天當中，這傢伙好像很少做出這種毫無防備的動作。

KANO似乎也因為坦白說出祕密之後放鬆了一點。等到事情全部結束後，說不定還有機會聽到更多他過去的事。

像是AYANO的事、遙學長的事……我所不知道的，當時的事。

……算了，等全部結束之後再來想吧。

為了把放鬆的思緒重新繃緊，我呼出一大口氣，掃視著所有成員。

「那麼……喂，妳怎麼可以睡著啊。喂，團長，給我起來。」

我搖晃著幾乎已經睡著的KIDO的肩膀，只見她一臉疑惑地睜開眼睛。

真是的，就是因為團長是這傢伙，才會讓人這麼擔心之後的事。

不對，可能這裡所有人都差不了多少。這座祕密基地裡聚集了一大群明知道事情有多嚴重，卻還是可以呼呼大睡的人。

我轉身面向KANO，開口說道：

「那麼，我們就來開始作戰會議吧。只要失誤一次就會GAME OVER，對吧？」

KANO露出賊笑說：

「啊，這麼說來SHINTARO很擅長玩遊戲嘛。所以應該可以稍微期待一下嘍！」

面對KANO可愛的挑釁，我故意誇張地做出回應。

「你以為你在跟誰講話？你老爸做的遊戲……可是只有我一個人能PERFECT過關喔！」

就連我也覺得這個話題相當令人懷念。

「耳機ACTOR」……雖然只是文化祭的消遣，但還算是相當值得一玩的遊戲。

KANO一如往常地嘿嘿笑了幾聲，身體探了過來。

「OK～SHINTARO。你就陪我到天亮吧。」

KANO大概也擺脫了某些東西吧。一想到他現在是友方，就覺得沒什麼人比他更可靠了。

多虧他把所有祕密都吐露出來，如今我對他再也沒有任何疑心了。

忽然一轉眼，我發現KIDO正目不轉睛地盯著樣本，一副欲言又止，不知道該怎麼說的模樣。

榎本問了句「幹、幹嘛？」，ＫＩＤＯ便慌慌張張地回答道。

「啊，沒什麼……只是在想該怎麼叫妳比較好。『ＥＮＯＭＯＴＯ』這個姓氏的發音，總覺得有種鄉下人的俗氣感。」

喂，那什麼意思啊。講到發音的話，「ＳＨＩＮＴＡＲＯ」這名字難道就不俗氣了嗎？

我強壓自己忍不住想吐嘈的心情看了下去，發現榎本露出難為情的樣子，回答：「叫ＥＮＥ就行了。現在再改實在太麻煩了。」

一問之下，才知道「ＥＮＥ」似乎是榎本的網路暱稱。

在現實世界用這個名字叫她，以這傢伙的個性來看，肯定是羞恥到不能再羞恥的事。真是的，一切都多虧了目隱團啊。

接著，我攤開配置圖，拿起筆來。

「敵人」根據地的全貌讓人有點吃驚，不過一連串的「超乎常理」似乎已經讓我感覺麻痺，好像也沒什麼大不了。

雖然這一天還挺累人的，不過腦袋運轉一圈之後，感覺十分清醒。這個夜晚似乎還長著呢。

寄宿在ＫＡＮＯ他們父親身上的「目光明晰」能力，已經徹底侵蝕了這座城市，如今正張大了嘴巴，準備把我們一口吞掉。

現在應該可以認定這座城市裡沒有任何一個可以信任的成年人吧。

我們的對手，是將「KAGEROU DAZE」的創造方法教給ＡＺＡＭＩ，不折不扣真正的「怪物」。

已經沒有時間拖拖拉拉了。要是現在不馬上想出打破對方策略的方法，我們所有人都會變成「怪物」的餌食。

……這一秒，腦袋深處忽然有種像是「某種東西」熊熊燃燒似的，前所未有的感覺。

稍微想了想之後，我忍不住竊笑起來。

與神祕組織作戰，接連發生的異常現象，怪物現身，同伴集結……

「……我根本就是抽中了主角卡片嘛。」

我對自己的腦袋並不會過度自信，但也不覺得自己無法擊退眼前這一片「絕望」。

當初ＫＩＤＯ因為興奮過度而說出口的「KAGEROU DAZE攻略作戰」。今天晚上，就讓它成為現實吧。

畢竟這個作戰……似乎關係到我們所有人的命運。

失想Word 3

媽媽生前好像是個人見人愛的人。

外貌高過一般水準而且個性十分體貼，這應該是部分原因，不過最重要的還是她的笑容非常迷人，所以肯定有更多人是因為這一點受到吸引。

我完全無法體會只憑一個女人家的力量扶養自己長大，到底是多麼辛苦的一件事，不過至少我從來不曾看過媽媽表現出痛苦難過的模樣。

臉上總是帶著笑容，不管去哪裡都像孩子一樣興奮，是個非常開朗好動的人。

相信所有人都非常喜歡這樣的媽媽。媽媽告別式那天，大部分參加的人都流下了斗大的淚珠。

打出生以來第一次見到父親，剛好就是那一天下午。

我至今仍然記得，當所有人都忍不住嗚咽的時候，父親連一滴眼淚都沒掉，從頭到尾一直在意著時間的異常模樣。

根據媽媽的朋友所說，父親遇上媽媽的時候早已有了家庭，在媽媽死去之前，似乎連我的出生都完全沒接到通知。

因為這一點，有很多人反對讓父親帶自己回家，不過父親擁有讓所有人啞口無言的龐大財富，所以告別式當天晚上，我就已經躺在這個房間裡眺望天花板的水晶燈了。

父親到底為什麼決定把自己帶到這裡，我完全不能理解。

宅邸裡的僕人們至今仍用冷淡的眼神看我，至於父親的太太……也就是現在的母親，別說是見面了，到現在連聲音都沒聽過。

雖然姊姊說「母親本來就比較喜歡待在房間裡」，不過應該是出自體貼才這麼說的吧。有件事我沒告訴姊姊，其實以前就有僕人對我說過這麼一番話。

「夫人因為您的關係，弄壞了身體。請您要有自知之明。」

明明只是想拜託他們一些小事，卻被講成這個樣子，讓我非常非常地受傷。我也不是自己想要過來這裡的。

還有那個敬語。每次聽到那個，就覺得心情真的很糟。為什麼非得要用那麼高壓的說話方式跟人講話呢？

從這些事情，至少可以看出這個家裡的人對於我的存在可說是討厭得不得了。

七月。自從住進這裡，已經過了半年。

我每天必做的事，大概就只有閱讀和姊姊借來的書，其他值得一提的事情則是完全沒有，就這樣過著懶散的生活。

雖然有人告訴我可以自由使用會客室裡的電視，只是一想到可能會遇上其他僕人，就徹底失去了看電視的心情。

今天也一如往常，趴在父親不再使用的寫字桌上，閒得要命。不過午後的陽光可能打動了我，讓我忽然產生一股想要活動一下雙腳的衝動。

我本來就並不喜歡在外面遊玩，運動神經也沒有特別好，然而過了這麼久的室內生活，總是會想稍微發洩一下。

我如此下定決心，便用膝蓋窩將很重的古董風格椅子推開，憑著這股氣勢轉身面向房門。

話雖如此，但也不能直接跑到附近公園踢足球什麼的。雖然有部分原因是因為不了解周遭環境，但主要是因為這棟宅邸的人似乎不太喜歡我出門，基本上不准我無故外出。雖說如此，但不管想要什麼東西，只要說出口就會有人買回來，再說我也沒有什麼事情必須在外面處理，所以現在還不覺得有什麼困擾。

不過，如果開口要求，應該還是可以外出，只不過開口要求那些光是見面就覺得心情沉重的僕人一起出門轉換心情，這種事情未免太荒謬了。

就算不去地點不明的公園，我也知道一個大小足夠踢足球的地方。像木戶家的中庭，就寬廣到讓我不費任何工夫，第一時間就想到這裡。

一旦做出決定，呼吸立刻粗重起來。將拖鞋換成外出鞋後，我像是朝著中庭衝刺似的離開了房間。

午後的宅邸，今天也非常寂靜。

這棟宅邸是圍繞著巨大的中庭蓋起來的，所以建築物內部也大到難以想像。現在已經摸清楚了，不過剛來的時候，也因為迷路迷個不停而吃盡苦頭。

根據姊姊所說，父親從事的工作好像和「財閥關係」有關，而且還是從曾祖父那一代就一直延續至今的正規而正統的工作。

我想起姊姊以前也曾經驕傲地說「這座宅邸是距今六十年前，由祖父蓋起來的」。

只說六十年這個數字，實在一點概念也沒有。不過走廊當中隨處可見排列得井然有序的眾多擺飾品，確實讓人感受到年代悠久。

走到二樓走廊盡頭，我不經意地朝著掛在那邊的祖父肖像畫行了一個禮，然後走下通往一樓的樓梯。

來到一樓走廊，那條幾乎讓人胃酸逆流的酒紅色地毯就像二樓走廊一樣長，遠遠綿延出去。

站在這裡，我發現自己開始有點厭煩起來了。明明是為了運動才往中庭前進，竟然在這裡就有點上氣不接下氣，到底是怎樣？

目的地就在眼前。乾脆用跑的吧，木戶蕾。

好！就在我準備伸展阿基里斯腱的時候，原本靜謐無聲的走廊，忽然響起了一陣旋律。音色當中感覺不到呼吸。這個明明纖細而柔長，卻帶著某種黏膩感的聲音，我以前曾經聽過。

「……是小提琴的聲音。」

像是受到誘惑般，我朝著聲音來源一步一步地前進。湊巧的是，發出聲音的地方似乎正好就在中庭。

抵達後，我發現通往中庭的大門完全敞開。就是因為這樣，旋律才會傳進屋子裡。

近距離聆聽的小提琴音色，感覺已經超越動聽的程度，最貼切的形容應該是鮮明強烈。

現場演奏的樂器聲，不光只是「清晰」而已。獨特的抖動、走音，還有偶發的雜音，這些東西全部混合在一起，才真正形成了音色。

像歌詞、歌聲之類的東西，那些的魅力我不是很了解，但樂器製造出來的旋律確實吸引了我的心。

正當我出自好奇，打算探頭偷看一下外面的時候，忽然想到一件事。要是現在探頭出去，會不會打擾到人家演奏呢？

對，打擾別人實在太要不得了。既然這樣，就暫且在這邊聽吧。

我背靠著大門旁邊的牆壁，小心翼翼不發出聲音，直接坐了下來。閉上眼睛聆聽旋律的時候，忽然有股睡意來襲。

怎麼可以在這種地方打瞌睡！我試著喚醒自己的自制力，不過中庭吹來的舒爽夏風，瞬間就把我的意識吹得遠遠的。

……不知道過了多久？對於沉溺在睡眠當中的自己來說，只是短短一瞬之間，不過等意識恢復後，狀況就變得完全不一樣了。

小提琴的音色已經消失，徐徐吹拂的微風也止歇。哎呀？我一邊這麼想一邊睜開眼睛，眼前頓時出現了低頭看著自己，滿臉不悅的姊姊。

「……這樣有點不懂禮數喔，蕾。」

「嗚啊……！」

我大吃一驚地想要立刻站起來，可是卻驚慌過度，反而讓撐住地板的手一個打滑，整個人趴倒在地上。

我一聲不吭地迅速讓身體離開地板，這次用上雙手，確實地站了起來。

儘管已經用最快速度打理好自己，但抬頭一看，便發現姊姊臉上的表情已經從不悅變成了傻眼。

啊，又來了。又搞砸了。我越來越覺得自己根本是笨手笨腳的天才。

總之張開嘴巴，先深吸了一口氣。這種時候更需要冷靜下來，好好地表達自己的意思。

「我、我睡著了……對不起。」

跟以前比起來，現在可以更容易地說出腦中想到的話。

「嗯。以後要多小心。」

姊姊點了點頭，沒有繼續追究下去。

這幾個月以來，我是不是變得相當容易就能開口說話了啊？

雖然還稱不上流暢，不過如果只是簡單的想法交流，現在不管對象是誰，我都能辦到。這一切都多虧姊姊每天從不間斷地找我說話。

話雖如此，一直粗手粗腳的自己，還是會因為狀況和時機不同而遭受嚴厲的責罵。

不過姊姊絕不會毫無來由地苛責我。曾幾何時，姊姊已經變成了自己在這座宅邸裡最信賴的人。

「可是話說回來，為什麼會在這種地方打瞌睡呢？如果想睡午覺，在房間床上睡應該比較舒服才對啊。」

姊姊疑惑地歪過了頭。

其實我不是因為睡起來舒服才在這種地方睡著。為了解釋，我再次開口。

「我、我剛剛在聽小提琴演奏。結果一不小心就……睡著了。」

「小提琴演奏？哎呀，聲音倒是沒有傳到我房間來……是誰在演奏啊？」

我差點就要喊出「咦？」，最後硬是忍了下來。剛剛一直以為是姊姊在演奏，原來不是她嗎？

仔細回想，我的確完全被聲音吸引住，忘了確認演奏者的長相。

「因為我一直在聽，所以那個……沒有看到臉。」

「這種事情不需要道歉，別在意。不過小提琴啊……這個家裡真的有人會拉嗎？」

「……咦？」

這次沒能忍住。

如果是「有人在唱歌」就另當別論，但演奏小提琴可不是任何人都做得到的事。

我不知道也就算了，身為家族成員之一的姊姊也不知道的事情，真的存在嗎？

「嗯。搞不好這件事情，是那個也說不定呢。」

姊姊邊說邊環起了手，像是在觀察反應似的瞄了我一眼。

「那個……是嗎？」

這樣回應之後，姊姊稍微降低了音調，故意吊人胃口地說：「這件事好像沒有跟蕾提過呢。」

到底是什麼事？總覺得有種不好的預感。可是事情的後續也很讓人在意。

當我正在猶豫要不要問的時候，姊姊用演戲般的語調這麼開口了：

「以前不是有跟妳說過嗎？這棟宅邸是有來由的。」

應該是指之前聽過的六十年歷史什麼的吧？做出判斷後，我用力點了點頭。

「當初建造這座宅邸的時候，國內情勢其實很不穩定。因為在那種時代建造這麼巨大的房子，祖父似乎受到相當大的負面矚目。壞人闖進家裡搶錢的狀況，好像也發生過不只一兩次。」

腦中浮現出只有在肖像畫上見過的祖父的臉。至於壞人的臉，則是莫名其妙地借用了看似會在葫蘆島上熱鬧度日的圓臉海盜。

「因為類似狀況一再發生，祖父似乎也變得非常鬱悶。不知道是不是因為這樣而變得無法對壞人手下留情，總之那段時期闖進家裡來的人，全部都被關進宅邸的地下室。位置剛好就在這條走廊的正下方吧。」

說完，姊姊用鞋尖咚咚兩聲，輕點了地板。

我原本正在想像圓臉海盜被關進地牢之後哭個不停的模樣，一聽到位置就在正下方，忍不住退了一步。

自己的住處底下竟然發生過這種事，光是想像都覺得恐怖。

「不、不過，這是很久以前的事吧？」

聽到這問題，姊姊以一副「就在等妳這麼問！」的樣子開口回答。

「誰知道呢。畢竟雖然有把人關進去的傳言，但是卻從來沒聽說過把人放出來的傳言啊。就算想下去確認，通往地下室的大門鑰匙，也已經在祖父那一代就不知去向了。」

沒有聽說過把人放出來的傳言，這是不是就表示，人一直都被關在裡面呢？

被關了六十年的人類，在沒飯吃的狀況下當然不可能活著，這就表示……

……不對，等等。這難道是鬼故事嗎？

「那、那個！」

「嗯？」

姊姊的嘴角微微上揚。

「這、這、這種故事，會、會不會不太好……」

「會嗎？偶爾講講沒什麼關係嘛。反正都聽了，妳就聽到最後吧。」

「呃，那個，晚餐時間也快要到了，講到這邊應該就夠了……」

我非常拚命。明明根本沒看時鐘，為什麼會搬出晚餐這種理由呢？不，管他的。必須阻止這個故事繼續說下去。

「哎呀～開始說了之後，我就莫名覺得很有幹勁呢。而且接下來才是有趣的地方，我非常希望妳能聽到最後就是了……」

相對於嘴唇不斷發抖的我，姊姊臉上雖然忍住了笑，但整個人看起來相當開心。這哪裡是不會毫無來由苛責別人的人啊！我可是很相信妳的耶。

啊，不行了。唯獨鬼故事我真的沒轍。晚上睡不著根本不算什麼，我的狀況可是連白天都會睡不著。

要是現在聽了這個故事的結局，那就完蛋了。我絕對不想要每天晚上都被圓臉海盜的噩夢折磨。事到如今，看來只能下跪求饒了。

我腦中動著這些念頭，模樣大概非常有趣吧。姊姊「哈哈哈！」地大笑出來，然後拍了拍我的頭。

「妳真是太可愛了。沒有啦，抱歉抱歉，全部都是開玩笑的。現在應該不想睡了吧？」

別說是不想睡了，只差一點點我就再也無法入睡了啊。真是的。

姊姊笑得不懷好意，但是看起來卻一點也不壞心眼，真是太奸詐了。被她這樣一弄，反而讓我覺得自己這麼生氣實在太不解風情了。

不過我還是把「只要聽到恐怖的玩笑話就會沒辦法一個人睡」這件事表達出來了。要是姊姊因為這件事情嚐到了甜頭，從此之後每天都講這種故事的話，我可是會真的撐不下去。

姊姊又摸了我的頭摸了好一陣子，隨後說著「可是……」再次環起了雙手。

「那到底會是誰呢？我想應該不可能真的是幽靈……」

「我、我真的有聽到樂器的聲音。可是，搞不好也有可能是電視的聲音之類的……」

姊姊說家裡沒有人會拉，相信事實應該就是那樣沒錯，而且也很難想像有人闖進中庭練習小提琴。

既然如此，會覺得應該是自己把某人播放出來的音樂誤認成現場演奏，也是很正常的。聽起來之所以像是從中庭傳過來的，可能也只是因為從某個房間傳出來的聲音在中庭迴蕩的關係。雖然還是有些說不通的地方，只要能消除「是幽靈做的好事」這個可能，這樣就足夠了。

姊姊看起來也有一點無法釋懷，不過她大概覺得在這裡繼續討論只會沒完沒了，只見她放下了交叉在胸前的雙手。

「哎，也有可能是哪一個僕人在演奏吧。如妳所說，晚餐時間似乎真的快要到了，總之我先回房間一趟喔。」

聽她這麼一說，我吸了吸鼻子，附近確實飄蕩著一股淡淡的香味。雖然只是為了轉移話題才隨便亂講，不過我的體感時間似乎大致上無誤。

因為姊姊回去她的房間，所以我也決定回到自己的房間。

結果別說是活動身體，我最後只是在奇怪的地方睡了一個午覺，才回到房間就立刻嘆了一口大氣。

每次試著做某些事情的時候，都會像這樣進行得很不順利，這到底是怎麼一回事呢？

我隨意在床邊坐下，然後直接往後躺。

一邊看著床幔柱子上一個又一個的木紋，一邊心想著關於「小提琴」的事。

當成是自己聽錯，果然還是不對吧。當時在音色當中感受到的鮮明印象，仍然讓人覺得那就是現場演奏的樂器聲沒錯。

忽然間，我想起了過去媽媽曾經帶我參加過爵士樂的演奏會。

那充滿活力，連吵雜的人聲都一併捲入的樂聲，至今我依然清楚記得音樂綻放出來的那一瞬間。

那份臨場感只有現場的人才能感受到，錄音播放絕對無法重現。我強烈認為剛剛那場演奏當中也存在著同樣的感覺。

可是，如果姊姊說的是真的，那麼這個家裡應該沒有會拉小提琴的人才對。

雖然她說也有可能是某一個僕人演奏的，但就算會拉，那個人真的會選在白天時間，在自己任職的人家的庭院裡，正大光明地演奏嗎？

說不定真的不是這個家裡的人，而是外人演奏的。搞不好真的是六十年前被關進地牢裡的……

「……不、不可能！那種事情絕對不可能！」

我跳了起來，用力甩動自己的頭。到底在想什麼蠢事啊。自己把自己逼入絕境是怎樣？是聽錯了。沒錯，是聽錯了。就決定是這樣了。

明明太陽還沒有完全落下，但我開始感到害怕，打開了所有電燈，一邊在房間裡走來走去，一邊等待晚餐開飯的通知。

走了一會兒之後，傳來敲門聲。

應了一聲，房門微微開啟，姊姊探頭進來。

「晚餐好像已經準備好了……嗯？怎麼了，妳又開始緊張兮兮了嗎？」

姊姊不知道是從我身上哪裡察覺到這一點，臉上露出壞心眼的笑容。

「沒、沒有啊。」

我試著虛張聲勢，但失策的是我忍不住把頭低下去。

看穿一切的姊姊「呵呵」輕笑起來，又伸手摸了摸我的頭。

和姊姊一同抵達二樓的用餐室時，父親已經坐在裡面看晚報了。

姊姊稍微壓低了聲音開口打招呼，父親回了一聲「喔」，表情絲毫不變。

父親不是會察言觀色的人。更正確來說，他是個非常不親切的人。

如果只是不親切，但還是擁有某種個人主張的人，那也就算了。父親連那些主張都沒有。簡單來說，就是一個完全不知道他在想什麼的人。

父親閱讀報紙的這段期間，我和姊姊只能沉默地等待晚餐端上桌。在這裡生活的這段期間，這是最讓人感到煎熬的時光之一。

過不了幾分鐘，晚餐便端上來了。主菜是炙烤牛肉，配菜則是水煮花椰菜和糖煮紅蘿蔔。啊，紅蘿蔔。嗯～紅蘿蔔。紅蘿蔔啊……也只能吃了。

我們各自開始用餐，就在我終於下定決心和紅蘿蔔奮戰的時候，姊姊開口說道：

「這麼說來，蕾今天好像在中庭聽見小提琴的聲音。只是那個時候沒能確認是誰在演奏……您有想到可能是誰嗎？」

我就這樣用叉子叉著紅蘿蔔，整個人僵住了。等一下啊，姊姊。這種事情沒有必要跟父親說吧。

就算父親聽了，肯定也只會回應「大概是聽錯了吧」之類的話。應該說，打從我和父親第一次見面到現在，還沒看過他做出任何正常的反應。

然而結果卻出乎意料。才剛看到父親轉頭看向我，就聽到他問了一個意外的問題。

「……原來妳會聽音樂嗎？」

突如其來的問題讓我困惑。說來，這應該是父親第一次對我提問吧？

我求救似的看向姊姊，但姊姊臉上也露出了同樣是第一次看到的呆滯表情。看來這真的是非常罕見的狀況。

不管怎麼樣，要是不回答問題，就沒辦法知道到底發生了什麼事。我像是硬擠出聲音似的回答道：

「會、會聽一點點。」

一眨眼的沉默之後，父親瞇著眼睛說了聲「是嗎」，然後繼續看向他盤中的牛肉。

「……她以前也是只要一有時間就會聽音樂的人。」

在理解父親這句話的意思之前，姊姊所在的方向忽然傳來一聲響亮的「匡瑯！」聲。

轉頭一看，發現姊姊手裡的叉子掉在桌上。是掉下來的叉子撞到盤子，才製造出聲響。

嚴守餐桌禮儀的姊姊竟然做出這種事，這還是第一次。

姊姊自己也像是無法理解這一瞬間到底發生什麼事的樣子，不過她馬上反應過來，低下頭表示「失、失禮了」。

……父親所說的「她」，肯定是指媽媽。

姊姊發現了這一點，所以才會動搖。

這也是理所當然。要是有人當面提起那個父親不惜背叛自家人也要偷偷見面的女人，正常來說不可能保持冷靜。

為什麼父親要提起這件事呢？我完全沒辦法從父親冷淡的目光裡，讀取到任何想法。

可是……原來如此。果然是這樣沒錯。

果然姊姊也因為我和媽媽的事情遭受了打擊。她和我相處的時候一直把這件事悶在心裡。

搞不好，她其實一直都因為我的存在而感到不舒服也說不定。就算她覺得這種傢伙乾脆消失算了，也一點都不奇怪。

因為只要有我在，所有事情都會變成真的。只要我不在，說不定就能說服自己所有事情都是謊言了。

想到這裡，我的手忽然開始發抖，一股噁心感湧了上來。口中發出了小小的嗚咽聲。

「蕾……蕾？」

一聽到姊姊擔心似的聲音，某個強壓下去的東西炸了開來。

「……！」

我倏地起身，朝著房門衝了出去。

後方傳來一陣激烈的「鏘啷！」一聲。大概是我勾到了餐具吧。

但我沒有回頭看，筆直地衝過走廊，跳下樓梯，直接朝著正門玄關前進。

推開厚重的玄關大門跑到外面之後，馬上看見了在路燈昏暗的燈光照射下，隱隱浮現的正門影子。如果想逃出被圍牆包圍的宅邸，無論如何都必須通過那個地方。

我跑到正門前，伸手推動貫通大門的門栓，但上面上了大鎖，紋風不動。既然如此就從上面爬出去，但是抬頭一看，那個高度實在不是我爬得上去的。

就算真的越過這扇門，又能怎樣呢？要是我突然失蹤，大概會演變成出動大量人馬搜索我的狀況。這麼一來，就會讓姊姊困擾……

……不行，我不能從這裡逃走。

這個念頭一出現，我強壓下來的噁心感再也忍不下去，整個人癱倒在原地。

為了調整狀態而呼吸，但是越吸氣就越覺得難受。最後變得昏昏沉沉，腦袋深處像是著火一樣劇痛。

支撐著我手掌的冰涼石板，逐漸奪走體溫。這種感覺簡直就像是被黑夜逐漸吞噬一樣。

啊，如果真的是這樣就好了。如今我既沒有居所，也沒有可以去的地方。直接這樣消失反而還比較輕鬆呢。

對了，只要消失就好了。這麼一來就不會讓任何人感到困擾了。

明明就是盛夏時期，夜風卻絲毫沒有溫暖肌膚的溫柔。正是把身體的顫抖歸咎給夜風的好機會。

如果只是消失……那麼自己一個人也能辦到。而且我也知道那種做法有多麼簡單。

現在才下決心可能太遲了。對了，乾脆就這樣……

背後忽然有股重量壓了上來。當我發現從身後抱住我的那雙手屬於姊姊的時候，整個身體都僵硬了。

「……請、請放開我。」

「不，我不放。都這個時間了，妳是想去哪裡？……來，我們一起回房間吧。」

姊姊的聲音裡沒有以往的凜然。呼吸也很急促，可以感覺出她是用跑的追上來的。

但是我沒辦法像平常一樣，做出乖巧伶俐的回答。

「不、不要。您就不要再管我了，這樣不就好了嗎？」

「怎麼可能好呢。妳是我的妹妹，我當然會擔心妳啊。」

妹妹——就關係上來看可能沒錯，可是我們之間，並不是用那麼一個字眼就能簡單帶過的。

被父親背叛，結果則是我的誕生，姊姊真的能毫無芥蒂地認為我是「妹妹」嗎？

我不知道。好可怕。我用力甩開姊姊的手，轉身面對她。

「因、因為，如果我在的話……您、您不就會想起很多事情，然後感到痛苦嗎！我、我可是媽媽的孩子啊！」

話語和淚水都像潰堤一般傾瀉出來。

模糊一片的視野中，我彷彿看見姊姊臉上露出了像是困擾，也像是膽怯的表情。

為什麼我要故意說出會被討厭的話呢？那明明是我最害怕的事情才對啊。

……不，不對。

我真正害怕的，是被自己信賴的人背叛。所以我才會故意讓她討厭我。

太無聊了。為了這麼無聊的事，踐踏了姊姊的溫柔，我真是太糟糕了。

可是這麼一來，姊姊應該就不會因為我而產生罪惡感了。大概也不會再伸手撫摸變得難以接觸的我了吧。

我原本這麼認為。

直到被姊姊緊緊抱住之前，我原本打從心底這麼認為。

「……我才不管妳是誰的孩子。妳是我在這個世界上獨一無二的可愛妹妹。」

被姊姊抱在胸前，耳中傳來這麼一句話。

不安與恐懼全都悄然無聲地崩壞，變成一片空白的腦中，已經無法再想出什麼東西來了。

我想把心情化成語言，於是張開了嘴巴。原本想說「我好高興」，但滿溢而出的情緒完了。

全不成言語，我的口中只發出了一連串的哭泣聲。

我哭了好一陣子，忽然發現姊姊的白色罩衫被我的眼淚鼻涕弄出了一大片痕跡，連忙緊張地抬起頭來。

「衣、衣服……會被我弄髒。」

不對，是已經髒了。現在已經太遲了。

姊姊似乎吃了一驚，但馬上恢復原本溫和的笑容，再次把我的頭壓在胸前。

「這種小事，根本無所謂啦。」

姊姊頭髮的香氣在我鼻子裡面繚繞。印象中這應該是蝴蝶蘭的香味吧。雪白、美麗又凜然的花。非常適合姊姊。

我加倍認真地這麼想。

姊姊——木戶凜這個人，是最美、最強，也是最溫柔的人。

總有一天，我也可以變成像她這樣的人嗎？能夠像她一樣全心接納某個人，並且溫柔地包覆住對方嗎？

原本覺得冰涼的夜風，如今吹在火熱的臉頰上，感覺很舒服。

我就這樣眷戀著姊姊的溫暖，緊緊抱住她，直到眼淚停止之前都沒有鬆手。

Children Record side -No.5-

剛開始這份工作之前，我曾被經紀人指點過「作為偶像應該如何」之類的問題。

例如注意攝影鏡頭有沒有轉過來，隨時保持著被人注視著的心態，是非常重要的事情等等。

當時聽到這番話，我用有點驕傲的態度回答「這種心態，我從小學開始就一直都有」。

經紀人很開心地表示「年紀這麼小就已經有身為偶像的自覺了呢！」，但我這麼說當然不是這個意思。

其實，我擁有「引人注目到非比尋常的程度」的異常體質。

雖然是昨天才從哥哥口中聽到的，不過我「奪取目光」的能力，好像是接觸過「KAGEROU DAZE」這個超自然現象的人類才會出現的「超能力」之一。

一聽到超能力，其實讓人有點興奮，然而我的「奪取目光」能力看起來明明沒什麼，實際上卻麻煩到極點。

只要走在路上，就會被不認識的人追著跑，稍微講幾句話，周圍就會爆出歡呼聲，不管身在何處，都會被人喀嚓喀嚓地拍照。

因為這種事情從小時候就一直持續到現在，所以外出時必須比別人更加注意他人目光，這對我來說已經是家常便飯。

也因為這樣，關於經紀人所說的「被人注視的心態」，我敢肯定這一點我比普通人加倍敏感。

……可是現在，我重新思考了一下。

那個時候，經紀人的意思其實應該是「以後會被很多人盯著看，所以要做好覺悟」吧？

他真正想說的會不會是「不論何時都不可以忘記自己是『偶像』這件事」呢？

如果是這樣，那我大概是個不及格的學生。

昨天晚上也吃了兩大碗團長特製的炸豬排飯，而且因為動了一整天的關係，連續兩天晚上都在沙發上睡著了。

再加上今天醒來的時候已經是中午，實在不成體統到極點。我猜大概沒有幾個人有辦法在別人家的客廳裡睡到中午，更別說還是個女孩子。

以前哥哥就有說過我說夢話的情形非常誇張，不過如今看起來，我連睡相都很糟糕。中午醒來的時候，我整個人在沙發下面睡成了大字型。

當然，直到中午都沒有人來叫醒我，據說SETO和MARI都是一邊避開睡成大字型的我，一邊吃早餐。

……不，這問題早就不關偶像的事了。好想死。

就連哥哥似乎也被我今天的醜態嚇到，因此獲得了「妳竟然轉了一整圈，真是太厲害了」的感想。哎呀呀，這可能是我第一次被哥哥稱讚呢。嘿嘿，好想死。

我這個豬排飯偶像，如今正面臨著有點糟糕的狀況……不對，可能不是有點的程度？非常糟糕？不對不對，應該是正面臨著「糟糕到不能再糟糕」的糟糕狀況。

帶有微溫的晚風吹過臉頰，現在是半夜，還差十分鐘就十二點了。

厚重的雲層覆蓋著夜空，月亮不見蹤影，只有路燈的無機質燈光和偶爾呼嘯而過的汽車車燈，照亮著柏油路。

離開祕密基地後，大概已經走了三十分鐘。我們幾乎沒什麼對話，就這樣默默沿著人行道前進，最後終於抵達目的地，也就是「敵人」根據地的正門前。

「那個，要我們入侵那麼恐怖的建築物……是開玩笑的吧？」

看到高大圍牆後方那片彷彿染上深黑色的巨大建築物，HIBIYA整個人顫抖了一下。

如同HIBIYA所說，那棟聳立在圍牆後方的建築物，確實散發出一種完全符合「詭異」二字的氣氛，西洋風的外觀也添加了幾分驚悚。

如果這就是「敵人」的根據地，嗯，確實有著無可挑剔的威嚇感。

可是話又說回來，我實在沒辦法接受這項事實。

這也是理所當然，因為這棟建築物的表面作用根本一點都不可怕。

沒什麼好隱瞞的，那棟建築物就是我就讀的高中「校舍」。

這所高中在前年初……也就是哥哥入學那一年，進行過大規模的修建工程。

所謂修建，我一直以為是「把受損部位修好」之類的意思，不過實際見識到這所學校的改變後，我覺得最正確的形容應該不是「修建」，而是「改造」才對。

除了建築物本體的改建之外，外圍還增建了將新校區團團包圍似的堅固圍牆，保全措施好像也全部電子控制化了。

我不知道這一切是不是全部出自哥哥所說的「敵人」的策略，不過這就是我對「敵人」這件事情不抱懷疑的原因之一。

我還清楚記得工程剛開始時的狀況。那時只覺得平常總是從前面經過的老舊學校突然開始進行工程，結果轉眼之間就變成現在這個樣子。如今回想，那個速度實在有點超乎尋常。

說起來，這座城市好像也是從那個時候開始到處建造各種不同的建築。

因為這是直接感受到的東西，所以哥哥提出「說不定『敵人』就是從那個時候開始進行各種邪惡計畫」的假設時，我沒辦法加以否定。

「不過的確和白天看到的感覺差很多啊……啊，難不成ＨＩＢＩＹＡ你對恐怖的東西沒轍嗎？」

我故意壞心眼地這麼說，ＨＩＢＩＹＡ馬上一臉受不了似的抬頭看我。

「怎麼可能。只是因為不知道真面目，所以才有點害怕而已。而且我也不相信幽靈之類的東西……再說ＭＯＭＯ妳又怎麼樣？」

「嗯～我對這種東西沒什麼感覺耶。啊，不過團長和哥哥完全沒辦法。上次一起去鬼屋的時候，團長甚至還暈倒了呢。」

「咦咦！那個人，明明那麼會耍帥耶……有點意外。」

ＨＩＢＩＹＡ說完後，像是在說「看來沒什麼大不了的」一樣不懷好意地笑了笑。

順帶一提，當時讓團長暈倒的人其實是我……算了，反正我也沒有說錯，應該沒有必要特地說明吧。而且團長好像也不記得了。

我們一邊聊著不著邊際的話題，一邊等待約好的時間到來。

深夜裡，矗立在黑暗當中的學校，感受不到一絲人的氣息。

這麼說來，雖然就結果來說我應該是蹺掉了，不過今天就是中元節假期結束後的輔導日第一天呢。白天應該也有學生為了社團活動出入學校才對。

……嗯～果然還是有點不懂。

在這種公共設施的地底下打造邪惡計畫的根據地，「敵人」到底在想什麼呢？

就算我重新觀察學校外觀，也不可能找出這個問題的答案。

「老實說，我好像到現在還沒辦法相信，這間學校是那個……『敵人』的根據地。」

「我也差不多，連『敵人』這種東西的存在本身都還沒有完全接受就是了……話說回來，MOMO妳平常上學的時候都沒發現嗎？」

沒有半點頭緒的我搖了搖頭。

「完全沒有。要是連我都發現了，其他人應該也會發現，然後變成更嚴重的問題吧。」

「不不不，這很難講喔。搞不好MOMO其實早就已經被邪惡組織給洗腦了……」

HIBIYA不知道從哪裡搬出了像是英雄特攝片裡會出現的設定，忽然表現出警戒心。

真要說的話，我們其實更符合這一類型的組織吧。

而且目隱團這個名字實在一點都不像是正義的夥伴。

「沒這種事、沒這種事。我猜這裡的學生應該沒有人發現學校出現這麼大的變化了。像我就是這樣。」

「可是，如果SHINTARO說的沒錯，那個『敵人』……就是昨天送我們去公園的，MOMO的老師對吧？」

聽到HIBIYA直率的問話，我一時啞口無言。

像是察覺到這份沉默一般，晚風開始呼呼呼地吹了起來。

腦袋能理解，而且我也沒有懷疑哥哥的意思。

可是老實說，我到現在還沒有辦法完全相信哥哥告訴我的事。

例如有人覬覦著寄宿在我們身上的「目光」能力。

以及這座城市已經被某種強大的力量所支配。

還有主謀者「敵人」的真面目……就是我的級任導師楯山老師。

今天第一次聽到這些事情的時候，我真的一句話也說不出來。

如果說出這番話的人不是哥哥，我想我應該完全無法相信吧。

可是哥哥確實這麼說了。平常雖然是那副模樣，但哥哥其實腦袋比任何人都好，而且絕對不會在重要時刻隨便亂講話。

相信這次他所說的一切也全都是真的，而我絕對不可以毫無理由地對此表示懷疑。

所以現在我真的不打算說什麼「這太非現實了」……只是打擊果然還是很大。

如果能和哥哥聊一聊，說不定可以變得輕鬆一點。

可是哥哥今天一直像是在苦惱什麼似的，所以沒有機會這麼做。

不祥的預感完全不理會我的心情，就這樣接二連三地出現，然後消失。

在這幾天之內見到的眾多「無可取代的事物」，會不會像幻影一樣消失呢？這股不安幾乎快把我壓垮了。

神明真的很壞心呢——我如此心想。為什麼我們非得遇上這種事情不可呢？

我明明就不想要什麼奢侈的願望。只希望能「普通」地和大家在一起就好。明明只希望這樣而已……

「……ＭＯＭＯ。」

ＨＩＢＩＹＡ的聲音，瞬間把我的意識拉了回來。仔細一看，我發現ＨＩＢＩＹＡ的右手抓著我的連帽外套下襬。

他凝視著我，臉上表情沒有剛剛的不安，而是有點不高興似的鼓起臉頰。

是我回應得太慢，害他不高興了嗎？

我趕緊補償性地回答「呃……」，ＨＩＢＩＹＡ則用非常清晰的聲音這麼說道：

「如果有什麼擔心的事情，就說出來吧。我有這麼不可靠嗎？」

「……咦？」

也不管這番唐突的話讓我多驚訝，ＨＩＢＩＹＡ用同樣的態度說了下去。

「我也覺得很不安，可是現在只能繼續做下去了吧？大家不是說過嗎？要拿回所有的一切，要結束一切。如果MOMO這麼沒精神……總覺得連我也會跟著怪怪的。」

說完，HIBIYA像是忽然覺得難為情似的轉頭看向旁邊。

剛剛還在呼嘯不停的晚風忽然變得老實起來，周圍一片寧靜。

「謝、謝謝。呃……嗯，我會加油。」

連我都覺得自己實在太單純了。

一聽完HIBIYA的話，我心中的不安瞬間消失得無影無蹤。

嗯，這樣很好。雖然很好……但是這股取而代之不斷膨脹的、心癢難搔的感覺，到底是怎麼回事？

最近的小孩真的很會說一些可靠的話。哎呀，真的很讓人驚訝。呃……啊哈哈。真傷腦筋。

『好了～不好意思在你們正火熱的時候打擾，時間差不多了喔～』

一道毫無忌諱的聲音突然響起。

我立刻確認聲音來源，發現是從口袋裡面傳出來的。

拿出手機，畫面上出現一個雙馬尾女孩，不知為何用非常不爽的表情瞪著我。

「Ｅ、ＥＮＥ！妳、妳什麼時候來的？」

我一問，ＥＮＥ馬上露出邪惡的笑容回答：『大概是「謝謝～嗯，我會加油～」那個時候吧？』

我下意識地用力握緊手機，液晶螢幕發出了小小的嘰嘰聲。同一時間，ＥＮＥ也像是配合我的動作一樣「呀啊啊啊！」地發出慘叫。

『妳在幹什麼啊！這支手機要是壞了，作戰就報廢啦！報廢！』

螢幕裡的ＥＮＥ一邊喊著報廢！一邊高舉雙手，頭頂上顯示的時間為二十三點五十五分。

「不都是因為ＥＮＥ講了多餘的話嗎，真是的……所以，哥哥他們已經進去裡面了嗎？」

『那當然～！哎呀～這種程度的保全措施就想超越我，還早百億萬年啦。簡簡單單輕輕鬆鬆就全部解除嘍！全裸！就是這樣啦！』

說完後，ＥＮＥ像是在說看我多厲害似的，擺出一副囂張的模樣。真想問，這個人為什麼到現在都能保持這麼興奮的情緒啊。

該怎麼說呢，真的很……

「嗯，真是太可靠了。真不愧是ＥＮＥ！」

我的讚美可能出乎她的意料，ＥＮＥ瞬間僵硬了一下，然後把她欣喜若狂的臉整個貼到螢幕上，大叫：『對吧？我真的超厲害耶！』

一旁看著我們對話的ＨＩＢＩＹＡ重重嘆出一口氣，一副無話可說的樣子。

「好啦，約好的時間到了。話說ＭＯＭＯ，妳知道順序嗎？」

「嗯~……應該知道！」

說完，我擠出一個笑容。不出所料，ＨＩＢＩＹＡ厭煩似的抽搐著他的臉。

雖然故意開了玩笑，不過我當然非常了解自己的角色。

因為ＥＮＥ解除了保全系統，所以建築物現在再也無法抗拒外來入侵者。

如果作戰如同預定進行，那麼哥哥他們現在應該正看著利用ＨＩＢＩＹＡ的能力所製作的地圖，筆直朝著「敵人」根據地的最深處前進吧。

可是依照ＥＮＥ的說法——「一旦發現保全功能沒有在運作，不知道會有什麼樣的人從外部闖進來」。

簡單來說，鎖的確是開了沒錯，但覺得這樣不好的人們很有可能前來進行鎮壓。

這麼一來搞不好真的會發生全副武裝的人大量湧入，準備壓制入侵者的狀況……到時候戰鬥力不足的目隱團根本不可能抵擋得住。

既然不知道這座城市的成年人到底被「敵人」掌握住多少，我們也沒辦法找人求救。

……因此，才會輪到我出場。

時間來到二十三點五十八分。任務開始的時間近在眼前。

ＥＮＥ似乎也發現了這件事，只見她難得板起臉來，認真地看著我說道：

『依照計畫，我已經在網路上散布妹妹在這邊的消息了。哎呀呀，偶像真的好厲害啊。已經引起相當不得了的騷動嘍。』

豎起耳朵聽了一下，可以聽到晚風當中混雜著人群的騷動聲。

雖然擅自說了要停止偶像活動，但現在說不定可以稍微報答一點點恩情。

「謝謝妳啦，ＥＮＥ。」

我這麼一說，ＥＮＥ馬上露齒笑了。

『我們都什麼交情了！不可以這麼見外啦！』

我也露出笑容回應ＥＮＥ的笑容。

隨後，我把手機交給HIBIYA，轉身朝著正門方向走去。

仔細想想，我最後一次來到這裡是……哎呀？不就是三天前嗎？總覺得好像是很久很久以前的事了。

三天前，我為了接受暑期輔導而滿心鬱悶地前往學校，當時完全沒想到事情會發展成這樣。

加入目隱團，和大家相遇，然後變成現在這樣……

總覺得自己越來越脫離現實了啊。

「……欸，MOMO。可以問妳一件事嗎？」

我應聲回頭，發現HIBIYA正用一副煩惱的表情凝視著我。

看到他的表情，我忽然注意到一件事。

說不定這是我和HIBIYA最後一次見面了。

我點點頭，隨後HIBIYA這麼說道：

「MOMO是很厲害的偶像明星對吧？我、我想我到這座城市來的理由，大概就是MO

MO。HIYORI說她想要的偶像簽名，一定就是MOMO的。」

HIYORI——和HIBIYA一起來到這座城市的女生。

現在應該在KAGEROU DAZE之中……HIBIYA非把人救出來不可的女生。

「所以啊，等全部結束之後……我可以跟妳要簽名嗎？」

聽到這句話，讓我心情有點複雜。

等這件事情結束後，我就再也當不了偶像了。就算拿到我的簽名，那個女生大概也不會滿足吧。

另外還有一種複雜的感覺……好像有點吃醋的那種感覺。

HIBIYA也不聽我的回答，最後露出快要哭出來的表情這麼說：

「所以……我們一定要再見面！約好了喔！」

……約好了嗎~感覺很不錯呢。

「……嗯，知道了。我答應你。」

穿過校門，眼前是一片熟悉的風景。

快步前往的目的地，是平常只會遠遠眺望的中庭。

我一邊移動雙腳，一邊重新思考。

那天我所憧憬的「青春」，會不會其實就是「這個」呢？

當時充斥在中庭裡的光輝，現在連半點痕跡都沒有。然而站在正中央的我，現在看起來是不是綻放著同樣的光芒呢？

晚風中的喧鬧聲，現在已經可以聽得一清二楚。

我可以感覺到自己的心跳，就像是配合著那些聲音一樣狂跳個不停。

畢竟這是哥哥第一次交付給我的重責大任。必須毫不猶豫，全力以赴才行。

我深吸一口氣，讓意識集中。

感覺眼睛深處彷彿燃燒起來一樣發燙。

這座城市已經被侵蝕了。根本不知道誰是「敵人」，誰是「同伴」。

……既然如此，就只能把城市裡的所有人統統叫來這裡了。

聚集了這麼多「眼睛」，大家都在注意這裡的話……這樣壞人應該也沒辦法輕舉妄動吧。

喧鬧聲又變得更大了。

可以感覺到有好幾千、好幾萬人，正朝著這裡湧來。

過去最討厭的「奪取目光」……這還是我第一次使盡全力發揮。

等我回過神來，眼前閃耀著一整片的金黃色。仔細一看，發現隱藏在雲後的月亮正全力綻放著巨大的光輝。

以最後的舞台燈光效果來說還真是奢侈。這麼一來，我就沒辦法有所保留了呢。

向整座城市，整個國家，整個世界——

不論對象是誰，總之我要奪走所有人的「目光」。絕不讓他們有眨眼的機會。

我用力深吸一口氣，高聲喊了出來。

「我是如月ＭＯＭＯ，今年十六歲！是個偶像明星！」

失想Word 4

「……好！」

蟬鳴聲不絕於耳的八月某日，下午兩點。

我對著鏡子，手裡拿著梳子格鬥了三十分鐘，總算讓睡翹的頭髮變直了。

「是、是個女孩子……」

就連我都覺得這大概就是最高境界。

荷葉邊罩衫搭配深藍色的裙子，鞋子則是選了上面有醒目緞帶的紅鞋。

映照在鏡子裡的木戶蕾完成品，完全看不見平常的不修邊幅……希望如此。

三天前姊姊邀我「一起上街買東西」，所以這幾天，我把姊姊穿不下讓給我的衣服全部挖了出來，抱頭苦惱不已。

如果只有我一個人出門就另當別論，但是到時候站在身旁的，可是那個姊姊。我馬上就能想像出隨便亂穿出門的那一天會多麼丟臉。

可是話說回來，我平常本來就不太出門，對於梳妝打扮更是半點興趣也沒有。聽到「請妳打扮得可愛一點」，我也不可能直接回答「好好好，我知道了」。

如此這般，我在這三天拚命鑽研「穿衣文化的真髓到底是什麼？」，同時不斷繞著多餘的遠路，最後得出的結果就是現在這身打扮。

將身體往右扭，然後再往左，讓裙子飄蕩起來。就算從正面以外的其他角度來看，嗯，大概也算是有模有樣了吧。

如果是現在這個樣子，就算走在姊姊身邊，應該也不會出現「為什麼那麼漂亮的人會帶著雜種狗一起走？」之類的評語吧。

我看向老舊的壁掛時鐘，約好的時間迫在眉睫。

「……快到了。」

在我不再擔心衣服的那一瞬間，不知為何突然無法冷靜下來。這是第一次兩人一起出門買東西，該聊些什麼才好呢？

就算告訴自己和平常一樣就好，但是倒映在鏡子裡的人並不是平常的我。而是看起來比較可愛的小蕾。

雖然不知道姊姊為什麼邀請我，不過既然要一起出門，我也希望可以玩得開心一點。

今天有辦法好好做到嗎？不會粗手粗腳，而是端正守禮地好好完成……

熟悉的敲門聲響起，我轉頭看向房門方向。

雖然比約好的時間稍早，不過一聽就知道敲門的人是誰。回應之後，房門隨著一聲短暫的吱啞聲打開。

出現在門後的姊姊一看到我的樣子，就相當開心地露出微笑。

「這不是穿得很可愛嗎？」

「咦！謝、謝……謝謝您。」

雖然不覺得自己弄錯方向，但也沒想到竟然會被稱讚。感覺臉頰燙到快要冒出火來，於是我迅速低下頭。

然而姊姊卻一副不滿足的樣子，短促地「嗯」地嘆了一聲。這到底是為什麼呢？

「那、那個……」

我正煩惱不知道該說什麼的時候，姊姊像平常一樣雙手交叉，不滿地凝視著我。

「蕾……應該不是謝謝您吧？」

即使聽到這句話，我也還是沒有反應過來，疑惑地把頭歪向一邊。本來是為了感謝她讚美自己才道謝的，到底是哪裡讓她不高興了呢……

「……啊！」

我總算察覺剛剛的「謝謝」哪裡不妥，還有姊姊的要求是什麼了。同一時間，我也產生了像是難為情的、心癢難搔的感覺。

姊姊的要求，是我相當不習慣的一件事。可是先前已經講好了，而且我也不能假裝不知道……喝啊，就豁出去吧。

「謝、謝謝妳……誇、誇獎！」

啊啊，好難為情。要是現在看鏡子，臉上肯定有根熊熊燃燒的火柱直立噴發出來吧。

姊姊似乎相當中意我這副模樣，只見她露出滿臉的笑容，發出「嗯呵呵」的笑聲。聲音裡似乎包含著一些令人不太開心的陰險感覺。是錯覺吧。

就這樣，她一如往常地摸著我的頭。

「很好很好。雖然好像還不太習慣，不過都已經講好了。以後也務必遵守。」

雖然姊姊用了正經八百的口吻這麼說，不過我們之間交換的並不是什麼隆重的重要約定。

上個月我大哭特哭，把姊姊的罩衫弄得一塌糊塗的那個晚上，姊姊對我提出了幾個約定事項。

首先第一點，彼此不再強忍心裡難受的事，必須好好說出來。

與其說這是約定，其實更像是為了我才提議這麼做。聽到她說我是那種放置不管就會一直憋在心裡的人，我才首次發現自己這項特質。因為是姊姊說的，所以我也覺得真的就是這樣。

那一天，姊姊告訴我跟我在一起一點也不痛苦，可是現在回想，這項約定可能也有為她的發言背書的意義存在。

第二點則是不要太煩惱關於父親的事。

一問之下，才知道姊姊從以前開始，也同樣因為父親不同於常人的行事作風而煩惱，好幾次想試著溝通，卻總是沒有任何反應。

父親的確是個奇怪的人，但仔細想想其實也僅只於此，我從來不曾被他當面要求些什麼。

「有時可能會讓人覺得不舒服，但是希望妳能忍耐。」姊姊對我這麼說，而我也沒有理由搖頭拒絕。

最後是第三點。

其實這是最讓人頭大的一點，簡單來說就是「我們是姊妹，所以不要再用敬語了！」這樣。

根據姊姊的說法是「要想縮短家人之間的距離，首先當然要從這一點做起」，我當然也舉雙手同意這一點。

畢竟我本來就不喜歡敬語的說話方式，而且家人之間更是如此。

和姊姊的說話方式也是，如果沒有被僕人提醒「親暱仍須守禮」之類的話，我想我也會一直維持著普通口吻。

因為這些理由，當時我雖然只是輕描淡寫地回應「我很樂意這麼做」，卻不知為何一直改不過來。

因為一開始的對話就是用敬語建立起來的，想破壞這層關係真的很困難。

啊，早知道會變成這樣，當初就應該用普通口吻講話。雖然覺得不可能發生，不過將來要是有了弟妹，一定要嚴格告誡他們「家人之間絕對不可以用敬語」。就這麼辦。

「如果準備好了，那我們就出發吧。只是不巧的是，今天外面好像相當熱。」

姊姊稍微有點無奈地皺起了臉。原來姊姊也有覺得棘手的事物嗎？

「我已經準備好了，隨時都可以出……發……」

姊姊嚴厲的視線掃來。

「我、我好了！可、可以走了！」

「好，那我們就走吧。」

姊姊綻開了笑容，如此說道。哎呀哎呀，真是的。

「今天嘛……啊，我們去吃冰淇淋好了。我聽說有間很有名的店。蕾妳喜歡冰淇淋嗎？」

「超、超喜歡……！」

這是我求之不得的事情啊。

原來出門買東西還可以吃到冰淇淋嗎！

「好，既然這樣就讓妳吃個過癮吧！哎呀，好讓人期待喔。」

可能是我的錯覺，姊姊看起來似乎相當陶醉。

原來她喜歡甜食嗎……嗯嗯嗯，原來如此。

這段對話結束後，我把掛在椅背上的小提包揹在肩膀上，和姊姊一起走出房間。

然後不經意地……真的是不經意地，我忽然回頭看向房間。

不是因為有人叫我，也不是因為自己忘了帶東西。

硬要說的話，大概就只有原本為了換氣而打開的窗戶外面，傳來了蟬鳴聲。

……啊，那個時候如果有注意傾聽，說不定就會發現了。

發現高聲歌唱的蟬鳴聲當中，混雜著一絲蘊含黏膩感的樂器音色。

Children Record side -No.3-

剛衝下樓梯，一大片全新的金屬製白色牆壁便映入眼簾。來到目的地樓層後，我們就這樣順勢繼續往前衝。

只要穿過這條走廊，我們的目的地，也就是「明晰」所在的房間就不遠了。

單耳戴著耳機的ＳＨＩＮＴＡＲＯ一邊喘著氣，一邊不斷地回頭張望。

「ＭＯＭＯ這傢伙……雖然是我叫她放手大鬧的，只是沒想到竟然會做到這種程度。」

如同ＳＨＩＴＡＲＯ所說，全力施展的「奪取目光」真的威力驚人。

明明已經隔了這麼遠，可是只要稍微鬆懈，所有感官還是會被「如月ＭＯＭＯ」強制吸引過去。

有辦法將這麼強大的力量壓抑到現在，ＫＩＳＡＲＡＧＩ的精神力真的很了不起。哎呀，要是一個不小心，這搞不好會變成留在歷史上的大事件啊。

「照這種感覺看來，上面應該已經聚集了超乎想像的大量群眾。哎呀哎呀，KISARAGI真是大活躍呢。」

「還行吧……一旦聚集了大量普通人，敵人應該也沒辦法叫來太多支援。接下來只要按照計畫，讓『那傢伙』帶走MOMO，上面那些人的角色就算告一段落了。不過我明明叫她不要做危險的事，她就是不聽……！」

SHINTARO說到這裡又回過頭去。

今天的作戰，KISARAGI負責的任務是「防止敵人增援的誘餌」。當然，SHINTARO也有特別叮嚀「務必小心謹慎，不要讓自己遭受危害」……看來KISARAGI真的是豁出去了呢。

「算啦算啦，這表示KISARAGI也是卯足全力了嘛。畢竟不管怎麼做……這都和我們的性命有關。」

我這麼一說，SHINTARO便低聲抱怨著「就算是這樣，也該有個限度吧」，然後將頭轉回前方。

左彎右拐的彎曲走廊不時出現岔路，就像是抗拒入侵者的迷宮一樣，一層又一層地通往最深處。

雖然已經來過這裡好幾次，但是像這樣毫不猶豫而且正確無誤地前進，還是第一次。

我們之所以能在短時間內來到這麼深入的地方，說是完全仰賴HIBIYA所畫的地圖也不為過。

哎呀哎呀，那個千里眼能力……「凝聚目光」真的太厲害了。

昨天晚上只有稍微練習一下，HIBIYA就馬上掌握住那個能力。

注視「對方」……正確來說是透過強烈意識著對方，HIBIYA就能用聯想的方式找出與對象相關的事物，並全部揭露出來。

就像超精密版的接觸感應一樣的能力。

試著讓他看了爸爸的照片，結果中了大獎。HIBIYA把「這棟建築物」的每一個角落都掌握得清清楚楚。

哎，不過最讓人吃驚的還是他竟然畫出了這麼詳細的地圖。

當事人表示「自己本來就很喜歡精細作業」，但這應該算是有點了不起的才能吧。

正在想著這些事情的時候，SHINTARO的電話忽然響了起來，我們連忙停下腳步。

這已經是第三次打電話過來了。不過和先前兩次相同的緊張感，依然讓周遭的氣氛倏地繃緊。

ＳＨＩＮＴＡＲＯ接起電話，朝著眼前的Ｔ字路一指。

「好、好像從右邊過來了！……ＫＯＮＯＨＡ，你可以嗎？」

純白色的短髮瞬間飄蕩了一下。

「……嗯！」

聽到ＳＨＩＮＴＡＲＯ的話，一直沉默不語的ＫＯＮＯＨＡ宛如脫兔般竄了出去。

同一時間，Ｔ字路的右邊方向出現了身穿白色防護衣的男人，手裡握著一挺步槍。他一發現我們的存在，馬上驚慌地舉起槍口。

「別想得逞！」

話還沒說完，ＫＯＮＯＨＡ的右腳踢飛了步槍，搶撞上天花板，發出響亮的聲音。

防護衣男因為突發事件愣住了，而ＫＯＮＯＨＡ的右手肘隨即重重打在對方的心窩上。

簡直就像動作電影裡才會出現的一連串動作，讓我不由自主地發出「哇喔～」的喊聲。

確認防護衣男一聲不吭地癱倒在地之後，我們才解除了原本繃緊的神經。

「……呼！真是的，到底出現幾個了啊，這些人！」

電話另一頭像是對SHINTARO的話做出反應似的，傳出HIBIYA的回答：『附近暫時沒有人了，不過還是小心一點吧。』

沒錯。HIBIYA的「凝聚目光」能力，現在也一直注視著我們。

將我們行進路上的危機提示出來，並對我們提出建議，這就是HIBIYA的工作。

對失去意識的男人低頭道歉後，KONOHA臉上露出愧疚的神情回到我們身邊。

「毆、毆打別人這種事……我果然還是很不喜歡啊。」

KONOHA怯生生地垂下了視線，看似相當軟弱的反應，一點也不像是剛剛才發出淒厲攻擊的人。

SHINTARO嘆出一口氣，傷腦筋似的一邊抓頭一邊說道：

「就你的個性來說，我知道這樣很為難你……不過現在是情勢所逼啊。哎，反正應該不會再出現了，抱歉啊。」

聽到這番話，KONOHA先是鬆了一口氣，然後露出一副像是在期待著什麼似的眼神凝視SHINTARO。

「那個，我，我……我有幫上你的忙嗎？」

這個問題讓SHINTARO笑了一下，回答：「其實對同伴不會用『幫上忙』這種講法啦……不過你真的超可靠的。」

聽完後，KONOHA打從心底開心似的笑了。

嗯～同伴。我果然很喜歡這種感覺呢。

意外狀況告一段落，再次開始行動的我們在T字路左轉，通往目的地的那扇門終於出現在眼前。

背後竄過一股寒意。

他在。就在那扇門後面……我們的宿敵就在那裡等著我們。

可能是察覺到我的畏懼，SHINTARO啪的一聲拍了我的肩膀。

「在那裡面的是你老爸吧？你就像個正常小鬼一樣，進門去跟他耍任性就好啦。」

……喔喔，SHINTARO，這話有點帥氣喔。雖然有點不甘心，不過這也要跟姊姊報告一下才行呢。

我們繼續衝刺到那扇門前方，配合SHINTARO的指示，KONOHA一腳踹開了門。

一股濃郁的福馬林味道猛然來襲，我忍不住皺起了臉。

旁邊是散亂一整片的各色管線，隨處堆放的研究器材，以及多到快要數不清的螢幕……昏暗的研究室深處，那傢伙像是直接面對我們一樣坐在那裡。

由於他身後放著螢幕，背光讓我看不清他的表情。可是不知為何，我非常確定那傢伙臉上露出了奸邪的笑容。

「……喂喂喂。大半夜的跑到別人家裡大鬧，你們是沒被教好嗎，臭小鬼？」

雖然是爸爸的聲音卻又似是而非，像蛇吐著蛇信一般，令人不快的音色。毫無疑問，那傢伙現在正在「外層」。

「哈。真不巧，我可是連高中都沒去。要是覺得不爽，你可以試著說教啊。」

SHINTARO如此回答，毫無怯色地朝著那傢伙前進。

房間裡除了那傢伙以外，沒有其他人的蹤影，但我們也不知道裡面設下了什麼樣的陷阱。

SHINTARO的貿然逼近讓人覺得魯莽，不過他那始終充滿自信的表情，如今真的可靠到極點。

「話說回來，只有三個人就攻進來啊，我也真的是被小看了呢。本來以為你應該更聰明一點的……」

那傢伙殷紅如血的雙眼，朝我的方向看來。

從那一天開始到現在，我從來不曾忘記的……持續憎恨的眼睛顏色。

我硬是壓抑著自己的激動，開口說道：

「因為我們這邊加入了強到不行的新人嘛。你應該也看得出來吧……他可是一點都不覺得害怕喔！」

聽到我的話，血紅色的視線轉到ＫＯＮＯＨＡ身上。

剛剛ＫＯＮＯＨＡ還表現出畏畏縮縮的樣子，但現在嘴唇緊緊抿成一條直線，絲毫不打算把視線從那傢伙身上移開。

「我已經全都知道了，老師……不對，是『壞人』。想要殺死大家……這種事情是不能允許的。」

ＫＯＮＯＨＡ的聲音，在無機質的室內清冽地響起。

忽然，我聽見那傢伙笑了幾聲，只見他一邊抓著頭髮一邊說道。

「哎呀哎呀，這不是挺好的嘛。看來你交到了你一直很想要的『朋友』啊。」

面對完全不正經，而且一直說著沒頭沒腦的話的那傢伙，SHINTARO終於走到他面前。

「你的策略已經沒用了。不管是『AZAMI』或『KAGEROU DAZE』都一樣……還有試圖殺死這些傢伙奪取能力，創造新的『梅杜莎』這件事也是。」

就算聽到SHINTARO這番話，那傢伙也沒有反應。

SHINTARO接著又說：

「我不知道你在打什麼主意，不過一切都結束了。現在立刻投降，叫你手下的人全部停手。要是不照做的話……」

SHINTARO朝著KONOHA用力一指。

「KO、KONOHA就會讓你吃到苦頭喔。」

哼的一聲，KONOHA重重呼出一口氣。

嗯～果然還是有點丟人啊。這樣才像SHINTARO嘛。

沉默了一會兒，那傢伙一副懶洋洋的樣子嘆了口氣，終於從椅子站了起來。

「……！」

SHINTARO瞬間退縮了一下。

因為太過昏暗所以一直沒看到，那傢伙的右手裡握著一把手槍。

KONOHA似乎也注意到這件事，擺出了隨時都可以衝出去的備戰動作。

「唉。為什麼我非得和你們這些小鬼玩呢，真是的……」

那傢伙邊說邊緩緩舉起右手，槍口指著SHINTARO。

深紅色的雙眼緊盯著他。

「住、住手！」

瞬間，KONOHA衝進了那傢伙和SHINTARO之間，張開雙手。

「笨、笨蛋KONOHA！這樣變成你很危險吧！」

KONOHA沒有理會驚慌失措的SHINTARO，朝著那傢伙開口說道：

「別、別再這麼做了。子彈這種東西是殺不死我的……而且，我應該也可以在一瞬間就打倒你。」

KONOHA的身體具備了異常的運動能力和再生能力。

根據KIDO所說，他就算肚子開了一個大洞，也能完全復原。

那傢伙應該也很清楚這件事。很明顯的，對方一點勝算都沒有。

「是啊，ＫＯＮＯＨＡ，你的身體的確很強壯。這麼一來，我大概束手無策了吧。」

這口氣聽起來就像準備投降似的。不過，那傢伙臉上游刃有餘的笑容完全沒有消失，手指依然扣在板機上。

「既然如此……那我這樣做呢？」

說完，那傢伙把槍口轉了個方向。

本來以為會轉向瞄準我的槍口，緩緩劃出一道弧線……穩穩抵在爸爸的頭上。

突如其來的狀況，讓我忍不住出聲大喊。

「什麼……！你這傢伙到底在幹什麼！」

「啊？幹什麼……看就知道了吧。我打算宰掉你的老爸啊。」

眼前這副光景，讓我回想起以前曾經聽過的，那句令人深痛欲絕的話。

那一天，在那夕陽西下的屋頂上，那傢伙是這麼說的——「是我讓你的家人活下來的」……

是嗎？原來是這樣嗎？

那句話的說話對象，並不是我們這些「小孩」。

他的意思，毫無疑問是「他掌握著爸爸的性命」。

「好啦，你們想怎麼做啊，臭小鬼。你們的命跟這傢伙的命……放上天秤好好比較一下吧。」

SHINTARO呆立在動搖不已的KONOHA身後，而那傢伙朝著他丟下這句話。

選擇讓哪一方活下來……這種事情根本辦不到。

更別說是SHINTARO這種個性的人了。

那傢伙臉上依然掛著扭曲的微笑，持續逼迫SHINTARO做出抉擇。

「喂喂喂，別讓我等這麼久啊。要是不快點決定……」

「我剛剛不是已經說過『一切都結束了』嗎？」

聽見SHINTARO冷不防說出的這句話，那傢伙臉上的笑意稍微消失了一點。

「啊？你這小子，在這種狀況下是在講什麼東西？」

SHINTARO的語氣一點變化也沒有，就這樣做出回應。

「啊，你聽不懂啊。那我講得更清楚一點吧……」

啊，不行。雖然一直忍著，不過連我也跟著偷笑起來。

ＳＨＩＮＴＡＲＯ果然很有趣。真的太棒了。

「目隱結束了。」

空間忽然晃動起來，一頂紫色兜帽瞬間出現在眼前。
隨後出現的白髮少女，眼睛精準捕捉住我們的「宿敵」的雙眸。
那傢伙連一個字都說不出來，就這樣停止一切動作，周圍陷入了寂靜。

「……那個，不要搶我的台詞啊，ＳＨＩＮＴＡＲＯ。」
一臉不滿的ＫＩＤＯ逼近ＳＨＩＮＴＡＲＯ。
「哎唷，不過就一句話而已，沒關係吧！而且剛剛那個氣氛，總覺得必須講出一句帥氣的話啊！」
聽到ＳＨＩＮＴＡＲＯ的話，ＭＡＲＩ微微歪過了頭。

「可是……其實不是很帥耶。」

「咦，不，那個……嗯嗯……」

SHINTARO用雙手掩面，當場蹲了下去。

打起精神來，SHINTARO。我個人覺得有點帥氣喔。只是絕對不會說出來就是了。

「……嗯，看來確實固定住了。」

KONOHA戳了戳父親的身體，然後舉手這麼說。

聽他這麼說，KIDO才安心地呼出一口氣。

「真是的，這作戰也太危險了……不過總算是順利結束。剛剛MARI在半路上喘到動不了的時候，我還在擔心不知道最後會怎樣……」

「因、因為大家都跑太快了嘛！人家明明都叫了KANO，但還是被丟下了……！」

MARI邊說邊氣呼呼地鼓起臉頰。

「不、不是吧，就算妳叫了，我也看不到妳，根本沒辦法啊。再說，這項作戰本來就是這樣嘛。」

「因為我認為如果不從一開始就把人手分散，『敵人』就不會露出破綻。不過，最後順利進行真是太好了。剛剛被槍指著的時候，其實真的有點害怕……」

SHINTARO邊說邊站了起來，難為情地笑了。

剛剛和對方挑釁的時候還有一點正氣凜然的感覺，但現在卻連半點痕跡都沒了。不過，我還是比較喜歡現在的SHINTARO。

剛開始聽到作戰內容的時候很驚訝，不過再怎麼驚訝，最後仍然是由SHINTARO解決一切。

關於這一點，我之前一個人守著祕密，抱頭煩惱……到頭來還是什麼也辦不到啊……

「不過話說回來，那傢伙拿爸爸當成人質的時候……老實說我真的很訝異。竟然真的就像SHINTARO說的一樣。」

SHINTARO若無其事地回答：

「哎，只是猜想大概有這種可能而已。不管怎麼樣，最後都是要靠MARI的能力，讓那傢伙無法反抗。」

「不，真的……很感謝。原本可以直接靠KONOHA出手壓制，但後來多虧你想出了不必讓爸爸受傷就能解決的作戰計畫……總覺得欠你很多啊。」

我這麼一說，ＳＨＩＮＴＡＲＯ回答：「別這樣啦，感覺好噁。一點都不像你了。」然後有點害羞地笑了。

看著他的笑容，我忽然有種懷念的感覺。

姊姊以前似乎沒有注意過，不過ＳＨＩＮＴＡＲＯ其實只會對姊姊露出不一樣的笑容。

我對這一點非常看不順眼，所以當時以姊姊的模樣上學的時候，也故意採取冷漠的態度回應。

到最後甚至用姊姊的模樣，對他說出那麼過分的話……我真是個無藥可救的爛人。

然而ＳＨＩＮＴＡＲＯ卻原諒了我，而且還對我露出這樣的笑容。

……啊，實在贏不了。我果然贏不過ＳＨＩＮＴＡＲＯ啊。

「……所以接下來要怎麼辦？必須在ＭＡＲＩ的能力解除之前做些什麼吧？」

ＫＩＤＯ一邊指著身體依然僵硬的爸爸一邊問道。

「喔。ＫＯＮＯＨＡ，你有把那個東西帶來吧？」

「嗯、嗯。是這個吧。」

ＫＯＮＯＨＡ邊說邊拿出鐵製的金屬線。

「總之先把這傢伙綁起來帶回祕密基地吧。回去路上只要使用ＫＩＤＯ的能力，應該就不會出現什麼麻煩事……總之現在就先這樣。」

「說得也是。不管是再怎麼強大的能力，只要先剝奪他的身體自由，應該就能避開眼前的危機了。之後就在祕密基地裡讓他說出『KAGEROU DAZE』的情報，看看要用什麼方法來嚴刑逼供……」

ＫＩＤＯ的眼中閃過詭異的光芒。

「那個……妳可能忘了，那可是我們的爸爸啊。姑且是。」

「嗯？啊，我知道、我知道。好了，ＫＯＮＯＨＡ，動手吧。」

收到ＫＩＤＯ的指示，ＫＯＮＯＨＡ開始動手綑綁爸爸的身體。

完全沒想過真的可以阻止他。

完全無法想像我們竟然還有未來。

如果繼續這樣順利地進行下去，搞不好可以從「KAGEROU DAZE」裡，把姊姊……甚至連媽媽一起救出來也說不定。

啊，我真的從來沒想過這種事。

如果可以見到她們兩人，要說什麼話才好呢？事情實在太多了，到底要從什麼地方開始講起呢？

不過，我想她們一定會笑著聽我們說吧。和大家一起談天說地，開口大笑……

……我就像個傻子一樣，一直想著這些不可能存在的未來，直到KONOHA在我面前跪倒為止。

失想Word 5

眼睛一睜開，就發現自己躺在一個昏暗的房間裡。

連續吵了好幾天的蟬鳴聲，不知為什麼半點都聽不見。

這狹窄的空間裡，只有和盛夏完全扯不上關係的，冰涼又充滿霉味的空氣。而且其中……還混著從來不曾聞過、讓人感覺非常不舒服的味道。

在天然岩石堆疊而成的石壁上搖蕩的，應該是蠟燭的火光吧。不過位置太糟糕，完全沒辦法照亮房間。

我用還不習慣黑暗的眼睛看向四周。雖然有點模糊，不過房間的全貌總算開始浮現出來。

石頭打造的室內空間裡，正前方有一扇鐵門。鐵門上有個架有鐵欄杆的四方型洞口，高度大概在成年人的眼睛附近。我想應該是用來窺視用的窗子。

正面右手邊的牆壁，有個高度直達天花板的木製櫃子，上面放了幾本書和幾個小瓶子。

櫃子旁邊放了一套沒有右手的西洋盔甲，只見它用剩下的左手握著長槍站在那邊。

和放著書櫃的牆壁相較之下，左手邊的牆壁沒有放任何東西，只有一個髒兮兮的麻袋隨意丟棄在一旁。

蠟燭放在正面鐵門的旁邊，所以光線沒辦法照到這裡來。

……也因為這樣，直到聽見身旁那虛弱的呼吸聲，我才發現了姊姊的存在。

「噫……！」

姊姊像是靠在我身後的石壁上一樣站著。不，不對。除了靠上去之外，根本沒辦法這樣站立。

姊姊的雙手上銬著寬約五公分的鐵銬，然後被鎖在從天花板垂下來的鐵鍊上。第一眼看到這個模樣，我就聯想到俘虜這個詞。

眼前這片不尋常的光景，讓我瞬間困惑起來。這真的是現實嗎？自己該不會是在作夢吧？

可是這潮濕的空氣，以及混合在其中的氣味，還有姊姊細微的喘氣聲，全部都在告訴我這是現實世界。

這不是夢。我站了起來，朝著姊姊跑去。

「太、太過分了……這、這是什麼狀況啊……！」

眼前的姊姊毫無意識，整個人就像是靠著雙手上的手銬支撐掛著的狀態。

雖然想解開，但手銬的位置在姊姊的頭頂上方。以我的身高當然不可能碰到。

我四下張望了一下，周圍沒有可以墊高的東西。自己能做到的就只有撐住姊姊的身體，稍微減輕她雙臂的負擔。

總而言之，我像是緊抱住姊姊的身體一樣，環住她的腰。

啊啊，啊啊，這到底是怎麼回事啊！

今天應該是和姊姊一起出門買東西了。

在路上的店裡吃了冰淇淋，買了成對的手帕，在姊姊的房間裡吃了晚餐之後……不行，想不起來。

到底發生了什麼事，才會變成現在這個狀況？我和姊姊因為某個理由被人抓起來，並且關在這裡。

可是那個人是誰？又是為了什麼？還有這裡到底是什麼地方？

石頭打造的牆壁、鐵鍊和手銬、鐵門……

「難、難道……」

腦海中忽然浮現的臆測，讓我全身發抖。

「祖父曾經把壞人關在宅邸的地下室裡。」

姊姊以前確實提過這件事。那個時候，我以為房子下面有地下室這件事情也是姊姊開的玩笑。不過，如果那是真的，那麼這裡莫非就是……

不可能。毫無道理。如果是真的，為什麼我們會在這裡啊！

支撐著姊姊身體的手臂，開始顫抖起來。

「為、為什麼……會這樣……」

明知道哭了也沒用，但眼淚還是無法克制地湧出來。

和姊姊一起談天說地，還有日常生活，感覺全都變成遙不可及的事物。

我們之後會變成什麼樣子呢？在這種非現實的狀況下，我無法想像之後會發生什麼事。

就在我快要哭倒在地的時候，熟悉的凜然話聲傳進耳裡。

「……蕾、蕾。妳有沒有受傷？」

姊姊恢復意識了，雖然感覺有點疲憊，但她還是用清晰的口吻這麼說道。

聽到姊姊的問話，我連自己身處黑暗都忘了，左右搖了搖頭。

可能是因為用力搖頭的關係，我的健康狀態似乎相當完整地傳達過去。姊姊表示「這樣我就暫時安心了」，然後虛弱地笑了笑。

雖然狀況依然緊急，但光是看到姊姊的笑容，我心中的恐懼便沖淡不少。

為了盡可能地解釋目前的狀況，我開口說道。

「那、那個，我一醒來就在這邊，那個……什麼也不記得了……」

「嗯，我也是。吃過晚餐之後就沒有記憶了。可能是被下了什麼藥……不過現在這樣實在有點傷腦筋呢。」

姊姊邊說邊晃了晃鐵鍊，製造出鏘啷鏘啷的聲音。

看來這個手銬果然不是姊姊可以自行解開的東西。也就是說，在目前這個狀況下，只有我能夠做些什麼。

我等著姊姊告訴我，自己應該怎麼做。

「可以過去看看那扇門嗎？雖然我猜都做到這種程度了，不太可能不鎖門……」

靠近之後發現，這扇老舊的鐵門甚至連把手都沒有。如同姊姊所說，似乎從另一側上了鎖。

「不、不行，打不開。」

「是嗎？如果有其他出入口就好了。那麼該怎麼辦好呢……」

說完，姊姊左右張望著整個房間。在這種狀態下，姊姊仍然沒有表現得驚慌失措。

在這種莫名其妙的地方，兩隻手都被銬住，根本不可能不怕。我想姊姊心中也一定非常害怕才對。

之所以沒有表現出來，應該是因為不想讓我不安吧。

姊姊的視線從鐵門移動到有書櫃的牆壁，停留在盔甲附近後，她突然瞪大眼睛，像是發現了什麼。

「為、為什麼這個東西會在這裡？」

看到姊姊第一次表現出明顯的動搖，我疑惑地歪過了頭。

盔甲出現在這裡，為什麼會讓她覺得不可思議呢？

「妳……知道什麼了嗎？」

我這麼一問，姊姊露出了明顯到極點的苦澀表情。

感覺像是不想說。

不過那也沒有維持太久。姊姊嘆氣似的做了一個深呼吸，開始說了起來。

「那副盔甲沒有右手對吧？那是因為我小時候拿來玩，最後弄丟了。當然，甲冑那個時候並不是放在這種地方。」

「那、那麼這裡果然就是……」

姊姊點點頭。

「應該沒錯，就是我以前提過的宅邸地下室。至於把我們關進這裡的人，我想應該是……」

姊姊正要說出口的時候，鐵門另一側忽然傳來了乾燥的沙沙聲。聽起來像是腳步聲，一步，又一步，音量漸漸變大，漸漸逼近鐵門。

身分不明的來訪者，讓我驚慌失措地跑回姊姊身邊。如果有人在這種情況下出現，只有兩種可能。前來幫助我們，或者是……

過沒多久，腳步聲停了下來。蠟燭的微弱火光，照亮了那雙從鐵窗外面往這裡看的冷漠眼眸。

「啊……！」

我一眼就看出那是父親。

可是不知為何，我一點也不覺得「他是來救我們的」。

仔細一看，連姊姊也保持著嚴峻的表情，緊盯著鐵窗方向。

「如果是持有這裡的鑰匙的人，我想大概就只有您了。這是……什麼意思？就算是家人，這種事情也不能用一句開玩笑就帶過呢。」

「……凜，我曾經開過玩笑嗎？」

隔著一扇門，父親用一如往常的平淡口吻如此回答。

感覺全身上下的寒毛都立了起來。父親並沒有否認。把我們關在這裡的人，就是父親。

姊姊絲毫不退讓，平靜地加強了語氣。

「總而言之，請快點放我們出去。如果您現在立刻這麼做，以後我們就不會再追究這件事。所以……」

在姊姊說完話之前，鐵門響起了喀鏘！一聲，大概是鎖被打開了。隨後，鐵門伴隨著一聲尖銳的摩擦聲打開了。

出現在眼前的父親，臉上帶著和平常差不多的冷漠表情，身穿西裝褲和白色襯衫。服裝真的跟平常一樣。也因為如此，「異常」的部分才會加倍顯眼。

父親手裡握著一把巨大的菜刀。

在昏暗燭光的照耀下，可以看到刀身上附著著黑漆漆的東西，還沒有乾透的液體正從刀尖一滴一滴地滴落。

父親身上的白襯衫，從袖口到前胸位置，染著一大片看似液體飛濺開來的紅色汙漬。

不用想也知道……那是血。

「嗚、嗚哇啊啊啊！」

完全偏離現實的光景，讓我發出了尖叫聲，緊緊抓住姊姊。

姊姊也十分驚恐，身體僵硬起來。

看到我們的反應，父親的表情依然沒有半點變化，緩緩地走進房間。

……會被殺掉。

我人生當中所感受到的恐懼，根本不能跟現在相比。不聽使喚的身體就像個笨蛋一樣發軟，感覺隨時都會一塊一塊地崩潰。

像是被丟進滾水裡熬煮一樣，全身上下都因為無法控制地流竄於全身的惡寒而抖個不停。

這時，姊姊忽然開口，就像是不容許父親繼續接近似的。

「您、您到底在想什麼！……腦袋根本不正常！」

姊姊的怒吼讓父親停下腳步。

「腦袋不正常嗎？這麼說來，樓上那些僕人也對我說了同樣的話呢。」

「什……！所、所以那些血是……」

「因為發生了一點小騷動。不過，不是妳該擔心的事。」

我感覺到自己緊緊抱住的姊姊全身微微一顫。看那個血量……父親肯定殺了人。

父親沒有出現任何動搖，繼續平靜地說道：

「沒什麼時間了。如果還有其他問題，我都會回答，快點問。」

我……不，我想姊姊應該也一樣，都無法掌握眼前這個脫離現實的狀況。

不管有什麼理由，把女兒關進地下室，甚至殺人，全都不是正常人會做的事。

明明如此，但父親的表情別說是動搖，就連一絲情感都看不到。

常識、普通，無法用這些知識推算出來的狀況就在眼前，我能做到的就只有全身抖個不停而已。

然而姊姊卻果敢地開口了。我想她多半是想要爭取時間。

沒錯。先不說我，姊姊現在只剩下對話這個手段。

「您、您打算怎麼處理母親？她本來就已經重度憂鬱了，要是再讓她知道這種事……」

「……喔，那傢伙啊。其實也沒什麼好處理的，她不是已經在那裡了嗎？」
父親的視線轉向地面。
那裡放著我剛剛只望了一眼就忽略的麻袋。
「應該就是蕾來到這裡的那一天起吧。她一直都放在那裡……我沒告訴妳們嗎？」
「噫……！」
聽到父親的話，姊姊第一次發出了慘叫。細小的顫抖沿著我的手、我的身體，直接傳了過來。
姊姊語不成聲的哀號持續響徹整個房間。
……我好想把耳朵堵起來。
我來到這裡的那一天開始，就放在那裡……？
稍微思考之後，我總算察覺充滿整個房間的噁心異味到底是什麼，隨後立刻有種強烈的反胃感。
僕人們曾經說過「太太的身體不好」，但那並不是事實。
是父親為了不讓被他殺死的太太所在地洩漏出去，才告訴他們「太太身體不適」這個謊言。

因為父親的個性如此，只要他這樣說，相信也不會有人繼續深究吧。之後只要用太太的精神狀況做掩護，宣稱自己會負責她的飲食，製造出這樣的狀況，然後持續好幾個月……

啊，我以為這個人是最近才發瘋，看來並不是這樣。

……這個人不是人類。只是披著人類外皮的「怪物」啊。

我更加用力地抓住姊姊的衣服。

再這樣下去，毫無疑問會被他殺掉。必須想辦法逃走才行……

可是姊姊的手被銬住了。想打開手銬，多半需要鑰匙。而鑰匙一定是在父親手上。

正在低聲哭泣的姊姊，不知道現在到底抱著什麼樣的想法呢？母親被殺，又被父親拿刀指著……我已經無法想像了。

「……想問的問題就只有這些嗎？」

父親可能不想等了，只見他像是責備姊姊似的這麼說。

姊姊軟弱無力地盯著地面，連父親的話也做不出反應了。流著眼淚的雙眼，完全看不到平常那種高雅的光芒。

大概是把姊姊的沉默視為肯定，父親朝著我們走了過來。同時，我可以看出他握著菜刀的右手加重了力道。

該怎麼辦才好？在這種狀況下，我能做什麼？

不可能憑力氣贏過父親。那麼到底該怎麼辦……

「……怎麼了，蕾？」

我正面面對著父親。

腦袋還在思考方法的時候，身體已經先行動了。

我並不是對父親不抱恐懼或膽怯。

只是眼前這個人害姊姊陷入如此絕望的狀況，我實在無法原諒他。

我正面瞪視著父親，深吸一口潮濕的空氣，開口說道：

「……剛剛，您說了如果有問題都會回答對吧。」

「沒錯……妳想問什麼嗎？」

父親望著我。

……別害怕，快開口說話啊，蕾。

「為、為什麼要做出這種事？殺死太太，連僕人也不放過……請告訴我理由。」

即使我邊說邊瞪著父親，他也還是沒有絲毫動搖。

要是他現在忽然激動起來，那就完了。

但我現在不可以屈服。至少要爭取一點時間。不管怎麼樣，都必須突破這個難關……！

經過幾秒鐘的空檔，父親輕輕嘆了一口氣。

「……因為我說了我會回答。就告訴妳吧，我和妳母親之間的事。」

「……咦？」

父親這句完全出乎意料的話，讓我困惑了。我想問父親的，是他為什麼做出如此淒慘的事情的動機，不是什麼往事。

還是說，這件事情和媽媽有什麼關係嗎？

父親微微瞇起眼睛，開始說了起來。

「我……想要自由自在地活著。過去父親為我決定好的未來，我一點興趣也沒有。然而我還是去了父親選擇的學校，繼承了父親的工作，娶了父親決定的連長相都沒見過的女人……簡直就像地獄一樣啊。明明是自己的人生，但我卻什麼都不能自己做決定。就這樣生下孩子，父親也死去……剛好就是在這個時候，我遇見了妳的母親。」

說到這裡，父親凝視著我，眼中似乎有著至今不曾感覺到的，類似感情的情緒。

「那是在我接受客戶招待的時候……妳的母親，在一個拿不出什麼好酒的酒吧裡駐唱。站在不到四坪大的狹窄舞台上，對著寥寥可數的客人，一副開心的模樣……那時我心想真是個笨女人。一個老大不小的女人，到底想在這麼骯髒的小店舖裡做什麼？實在讓人看不下去。可是……」

話說到這裡稍微中斷，父親輕輕呼出一口氣。他凝視著遙不可及的遠方，然後再次開口：

「我覺得她很美。那自由奔放、天真爛漫，完全感受不到一絲箝制的笑容，讓我生平第一次……陷入了所謂的戀愛。」

我倒抽了一口氣。

不對，我想聽的不是這種事。這種……

「在那之後的每一天，都像是作夢一般。我假藉工作名義去了那間店好幾次。她是個很會聆聽的女人。雖然那傢伙只是附和著我說的話，卻把我人生當中所有欠缺的東西統統告訴了我……偶爾遇上放假，就想用她瘸腳的技巧教我演奏樂器，要配合那傢伙真的很傷腦筋。為了讓那傢伙大吃一驚，我也不管自己都一把年紀，努力地練習……啊，之前有被妳聽見過嘛。拉得還不錯吧？」

「那時候的小提琴……原來是您嗎？」

我總算懂了。

姊姊不知道也情有可原。因為父親沒有跟任何人提過他和媽媽的關係……因為他只在媽媽面前演奏小提琴。

「不過，這樣的日子並沒有持續多久。知道我有家室之後，那傢伙就從我面前消失了。辭了酒吧的工作，還搬離了原本的住處……真的很讓人痛苦呢。不過我忍下來了。只要她還活著，那樣就足夠了。還活著就有機會再見面，下次見面的時候一定要讓她大吃一驚，於是我也沒有停止練習樂器……得知那傢伙的死訊之前，我真的一直相信還能再見面。」

到目前為止，表情一直毫無變化的父親忽然微微皺起了臉。

彷彿揪緊胸口似的疼痛。

我一點也不想理解父親，也不想理解他的想法。明明應該是這樣，但我卻椎心刺骨地理解父親現在的感情。

因為我比任何人都清楚失去媽媽的哀傷。

「……那天之所以出席告別式，純粹只是心血來潮。那傢伙已經死了，我其實並不打算為她上香什麼的。不過……我很意外呢。完全沒想到竟然有妳在。」

父親邊說邊望著我的臉。

不是平常冷漠的眼神，看到他混濁無神的目光，我畏縮起來。

「蕾……妳是那傢伙留給我的希望。那個時候，我身上還有家人這道枷鎖，不過現在不一樣了。我絕對不會放手的……從今天開始，我要把除了妳以外的所有東西都捨棄掉。然後兩個人一起活下去。不管妳想要什麼，我都會給妳。沒錯，不管要用什麼手段……」

父親的左手抓住了我的肩膀。

看著和我面對面的父親，我整個人愣住了。

他根本沒有在看我這個人。

父親眼中完全沒有我的身影。他只看到「我是媽媽的孩子」這一點而已。

那深不見底的空虛眼眸，讓我確定一件事。

這個人……已經沒有任何人拯救得了他。

下一秒鐘，姊姊的腳像是從我左側刺出去似的，重重踢在父親的側腹。

父親手中的菜刀飛了出去，在地面上發出激烈的撞擊聲。

「嗚咕……！」

突發狀況讓父親產生動搖，身體也失去了平衡。

腦袋還沒反應過來之前，手已經伸了出去。對，機會只有這一刻。只要我能搶到那把菜刀的話……！

就在我眼睛緊盯著菜刀，伸出去的手即將碰到刀柄的時候，右邊臉頰猛然傳來一股巨大的衝擊。

距離指尖只差幾公分的菜刀劇烈晃動，然後瞬間遠離。

隨後我的身體狠狠撞在盔甲的腳下。

「蕾！」

崩解的盔甲掉在地上製造出陣陣巨響，姊姊的喊叫聲好不容易才傳進我的耳中。

模糊的視線，看見了父親握拳的右手。只差一步就能拿到菜刀，但我卻被他打飛出去了。

父親緩緩撿起菜刀，朝著姊姊走去。他低頭看向姊姊，臉上的表情實在無法跟人類聯想在一起。

腦海中閃過最糟糕的狀況。聲帶像是火花四濺一般顫抖。

「住手啊啊啊！」

父親朝我瞥了一眼，隨即露出充滿厭惡的表情瞪著姊姊。

「妳……用無聊的姊妹遊戲騙了蕾對吧！對了，就是那個時候……叫妳去把蕾帶回來的時候……妳那個時候灌輸了什麼思想給她！」

那個時候……灌輸思想……父親到底在說什麼？

「身為姊姊，我只是告訴她一些理所當然的事。這孩子不是你玩人偶遊戲的道具。把她關在這棟房子裡，一步也不准外出……這種事情太愚蠢了！」

姊姊的話語，在地牢裡迴蕩。

聽到這番話，父親像是擺脫了某種束縛似的，緩緩舉起菜刀。蠟燭的火光反射在刀身上，發出不祥的閃光。

我腦中瞬間閃過自己和姊姊一起度過的短暫回憶。

第一次見面的時候，心裡想的是真是個恐怖的人啊。

只要粗手粗腳就會被罵，而且沒辦法打馬虎眼，有時也會因為無法完整傳達出心情而讓她感到困惑。

……和姊姊一起生活的日子裡，最讓人高興的事情是什麼？

是我把自己的想法好好傳達出去時，得到她的誇獎？還是她邊說「妳真是太可愛了」邊摸我的頭？

這些事情當然讓人高興，卻不是最讓人高興的。

聽了父親說的話，我清清楚楚地想了起來。

姊姊曾說過，她才不管我是誰的孩子……

——她說我是她唯一的妹妹，並且接受了我。

手上傳來非常明確的感覺。

我非常清楚，這是刀尖刺進肉裡的感覺。

父親一臉訝異地看著我。不是他平常冷漠的表情，而是充滿人味，情感表現非常明顯的臉。

當瞪大眼睛的父親癱軟下去的同時，鐵製的長柄也從我的雙手落下。

鏘一聲，父親刺著一柄長槍的身體滾倒在地，過了一陣子之後就再也不動了。

仍然掉落在地上的盔甲頭盔，在旁邊靜靜看著一直握在它手裡的長槍的最終下場。

我回頭一看，發現姊姊正咬著嘴唇看向我。看起來像是驚訝，也像是悲傷……我找不到可以形容那個表情的詞彙。

我用盡全力撬開了仍然抖個不停的嘴唇，什麼也沒想，就這樣說出了一句話。

「變、變成只剩……我們兩個了呢。」

聽到我的話，姊姊再次露出了難以言喻的表情。

雖然不知道該如何表現，不過最接近的，應該是她平常摸我頭的時候會露出的表情。

「不是說了禁止用敬語嗎……蕾。」

姊姊的話讓我濕了眼眶，正好就在這時……

鐵門的另一側，忽然傳來了震耳欲聾的爆炸聲。

巨響來得太過突然，我忍不住直接蹲了下去。

驀然出現的巨響，伴隨著地鳴聲連續響了好幾次，每一次都讓天花板跟著搖晃，震落許多灰塵。

「什、什麼？這是什麼聲音……！」

上面似乎發生了非同小可的事。

我立刻跳了起來，幾乎是整個人撞上去一般推開了鐵門。

門外不遠處就是上樓的樓梯，頂端可以看到一個像是上推式窗戶的東西。那裡應該通往宅邸一樓的某處吧。

總而言之，現在必須先確認樓上的狀況。

當我舉腳準備衝上樓梯的下一秒，伴隨著劇烈搖晃，爆炸聲響再次響起。

「嗚……！」

我不禁停下腳步，緊緊閉上眼睛。本來以為會跟剛剛一樣連續爆發，不過這次的爆炸聲似乎只有一次。

過了一陣子，戰戰兢兢地睜開眼睛的我，開始懷疑起自己的眼睛。

「這、這是……」

剛剛還在樓梯頂端處的上推式窗戶，被燒焦的木頭梁柱貫穿，碎成了粉末。

因為這樣而敞開的洞穴外面，飄下了無數的火星。

我張開嘴巴說不出話，這時姊姊的聲音從背後傳了過來。

「蕾、蕾，到底發生了什麼事！妳在那邊看得到什麼！」

我應聲回頭，看見我臉上的表情，姊姊應該也察覺到了吧。只見她露出苦澀不堪的神情，低聲說著「天啊……」。

回想起來，父親的確說了「今天要把所有東西都捨棄掉」。另外還說了「沒什麼時間了」。

如果他說的「所有東西」，還包含了這棟宅邸本身的話……

「……父親放火了吧。我猜他的計畫應該是在火勢徹底擴大之前帶著妳逃出去。」

姊姊搶先把我的想法說了出來。

雖然不知道父親計劃到什麼地步才行動，不過從他最後的模樣來看，至少可以確定心智絕對不是正常狀態。

從那扇毀掉的窗戶外落下的火星，以數量來看，我完全不覺得樓上還處於可以安全逃跑的狀態。

父親到底是不是真的打算帶著我逃跑呢？搞不好他從一開始就……

我用力甩頭，強行停止思考。

總之現在必須把姊姊手上的手銬打開，然後讓她逃離這裡。

沒錯，首先是打開姊姊的手銬……手銬……

心臟猛然一跳。我完全想不出任何辦法解開那副手銬。

憑我的身高，絕對不可能摸到那副手銬。如果有踏腳台就另當別論，不過就算真的有，現在也在火窟之中。

即使我在大火當中順利找到踏腳台，唯一的出入口已經插著一根梁柱，如今只剩下一道不知道鑽不鑽得過去的空隙。想拿著踏腳台穿過那樣的細縫，根本不可能辦到。

不對，我還有一件最重要的事情還沒做確認。

我急忙回到地下室裡，接連摸索著仍然倒臥在地的父親的口袋。

把手伸進一個又一個的口袋裡。然後……

「沒有鑰匙……！」

說是理所當然，可能真的是理所當然也說不定。一想到父親說他要捨棄一切，我就覺得自己快被絕望感打垮。

父親大概完全不打算釋放姊姊吧。如果一開始就是這麼想，自然也不會在銬上手銬之後還帶著鑰匙行動。東西應該是放在樓上的某處，不過要在火海當中尋找這麼小的鑰匙，根本是天方夜譚。

那我該怎麼辦？我能做什麼？在剩下的時間裡，我到底……

……不行。不能放棄，快點思考！

就算沒有鑰匙，也一定還有辦法可以救出姊姊。

沒錯，一定是這樣。絕對還有其他方法。

快點、快點想啊！去思考！快想、快想、快想……！

「……蕾，夠了。」

我聽到姊姊的聲音而回頭，臉上的表情肯定很糟糕。發現自己沒有任何可以做的事，我內心勉強維持住的某種東西……如今已經斷成兩截。

看著我的臉，姊姊露出小小的微笑，以溫和的口吻說道。

「謝謝妳這麼努力。讓妳有不好的回憶了呢。好了，快逃吧。現在應該還來得及……」

「……我不要。」

被我打斷的姊姊，臉哀傷地扭曲起來。

的確，我這樣嬌小的身體，就算現在才用最短距離衝刺，說不定仍然有可能逃出去。

對，我很清楚。這種事情我再清楚不過了。

不過姊姊誤會了一件事。

我……並不想和姊姊一起逃跑。我真正的希望是只要姊姊一個人逃跑就好了。

「因為……就算逃出去，我也沒辦法活下去了……」

從父親身體裡流出來的血，在我腳下形成一攤血泊。

……不，不對。這應該是我製造出來的血泊。

我殺了父親。我被弄髒了。就算能一起逃出去，我也無法繼續站在姊姊身邊。

獨自一人走在塗滿鮮血的道路上……這種事情我無法想像。

「不對，那不是妳的錯。妳不是保護了我嗎？說什麼沒辦法活下去……嗚啊啊！」

強烈的爆炸聲響，打斷了姊姊的話。

這一次比之前幾次都更嚴重。最終期限已經近在眼前了。

最終期限啊……真要說的話，GAME OVER其實更貼切。

我跑向姊姊，直接抱住了她。

為了表情達意而學會的語言，如今也不需要了。我只是一個勁兒地把臉壓在姊姊的身體上。

接連不斷的巨響，讓原本堅固的石造牆壁開始崩塌。

姊姊的聲音也傳不進耳朵裡了。

震耳欲聾的擠壓聲響起，燃燒崩落的天花板壓垮了書架。趁勢捲起的熱風，讓殘存在地下室的空氣溫度飆高，連正常呼吸都辦不到了。

逐漸出現的上層景象，宛如地獄一般。隨著崩塌的天花板，化成焦炭的家具也跟著傾斜落下。

熊熊大火的另一頭，我瞪大眼睛凝視著左右晃動，閃耀著橙色光芒的水晶燈。

……最後，我看到了彷彿將四方大火逼退一般現形的漆黑大嘴。

在所有消失的記憶當中，這片景色是我唯一記得的東西。

Children Record side -No.1- (2)

「為、為什麼……」

隨著這句簡短的話，KONOHA當場倒了下去。

仔細一看，原本KONOHA準備動手綑綁的爸爸，身體也像斷了線一般軟綿綿地垂了下去。

真奇怪。不管怎麼想，MARI的能力效果都消失得太快了。到底發生了什麼……

「快、快逃……！」

吼叫似的聲音爆發出來的下一瞬間，KONOHA的身體裡飛出了像是黑影一般的東西。

影子將KONOHA的身體包覆起來，瞬間將KONOHA吞噬進去。

「呀啊啊啊啊！」

面對突發狀況，MARI放聲尖叫起來。

我曾經看過那個東西。

那是昨天去MARI家的時候……KONOHA受重傷的時候出現的影子。

然而KONOHA現在一點傷也沒有。明明如此，為什麼那個影子會再次出現呢？

四周瀰漫著詭異的氣氛。

KONOHA的身體如今已經化為一團黑影，只見他一邊激烈地掙扎扭動，一邊被迫改變他的形貌。

「喂、喂，KONOHA！你聽得到嗎！可惡……！現在到底是怎麼回事？」

如此發出聲音的是SHINTARO。

SHINTARO正打算靠近，黑影中便流露出極度扭曲的聲音。

「不……不行。不要靠近我……！」

已經完全不像是KONOHA的聲音，讓人背脊發涼。

可是即使聽到那個聲音，SHINTARO還是沒有停下來。

「你等等，我馬上救你出來……！」

SHINTARO邊說邊朝著黑影伸出手的那一瞬間……影子彷彿被彈開似的消失無

蹤。

影子原本的所在地，站著一個男人。

邪惡的笑容，漆黑的髮絲。長相和KONOHA一模一樣，卻沒有留下半分KONOHA的氣息。

那個人緩緩張開嘴巴，用KONOHA的聲音這麼說道：

「……遊戲結束了，臭小鬼。」

說完話的同時，男人睜大了雙眼。超乎想像的不祥感覺，讓我忍不住大叫。

「SHINTARO！快逃！」

可是叫出來的那一瞬間我就發現了……已經來不及了。

男人以非比尋常的速度朝著SHINTARO的脖子伸手，抓住他的喉嚨……然後扯碎。

在螢幕光源的背景襯托下，SHINTARO的身體無力地向後彎曲，隨後倒地。

這段期間，狂噴的鮮血一邊發出滴答滴答的聲音，一邊在地面上製造出巨大的血泊。

「啊、啊、啊啊……」

我說不出話。口中只發得出丟臉的聲音。

另外兩個人正在大聲喊叫著什麼。

不行，必須想個辦法。要是現在不馬上從這傢伙的面前逃跑，我們所有人都會……

男人從地上撿起手槍，陶醉地凝視著，然後將槍口朝我指了過來。

身體完全不聽使喚。腦中漸漸變成一片空白。

最後傳進我耳中的，是我絕對不想從這種人口中聽到的話——

「……再見啦，團長。」

失想Word 6

以前曾聽過「做壞事的人死後會下地獄」這種說法。這說法普遍到幾乎想不起來是從誰口中聽來的。

可是試著想像「地獄」的景象時，不管怎樣都會想到那些看起來假假的日本畫。

因為沒有照片啊。

現在這個時代，不論是世界上哪個地方的照片，只要去找就一定找得到。就算找不到，也只是因為那個地方並不需要以照片形式留存下來。

可是像「做壞事的人最後會前往的地方」這種被設定成不特定多數人的最終目的地的場所，為什麼相關情報只有繪畫呢？不管怎麼想都很奇怪吧。

答案很簡單，因為「迷信」。

明明那個地方只有死掉的人才能去，活著的人卻能知道其中的詳細情況，這是不可能的。

「地獄」這個概念，應該是某處的某人為了警告壞人而創造出來的，類似童話故事的東西吧。這種小事，就連還是小孩的我都懂。

我一直都是這麼認為的……不過事實似乎並不是這樣。

八月。我被大火吞噬而死。

雖然沒有客觀地加以確認，不過我可以充滿自信地這麼說。

因為我被熊熊燃燒的火焰包圍，喉嚨彷彿著火一般劇痛，眼前變成了一片黑暗。如果這樣都沒死，那我可能有點太厲害了。

有幾件事情在我死了之後才注意到。

首先是可以思考。這件事真的嚇到我了。

至今我想過很多次「死了之後會變成什麼樣子」，不過大多數時候都得出「可能像睡著的時候一樣，什麼都感覺不到吧」這個結論。

「思考某件事」，就代表著正在使用大腦。

然而死於火災時，大腦和其他部位當然也會全部被燒掉。可是腦筋仍然可以運轉，是不是表示靈魂之類的東西確實存在呢？那部分我還沒辦法理解。

還有其他事情。

先不管是不是地獄，「死後的世界」好像真的存在。

之所以說是好像，也是因為沒有辦法客觀確認這裡到底是不是「死後的世界」，所以還停留在推測。

不過至少我已經死掉，而我現在就坐在這裡，所以可以推論出大概就是如此吧。

直說好了。我現在正坐在死後的世界的正中央。

嗯，雖說是正中央，但前後左右都是一片黑暗。因為沒有地圖也沒有地標，根本沒辦法確認我到底在這個世界的什麼位置。

當然我也無法想像之後會發生什麼事。

不過，不管怎麼看都沒有「天國」的感覺。

沒有花園也沒有可愛的天使，硬要說的話，這裡的印象果然還是「地獄」。

而且……我心裡有數。因為我親手殺死了父親。被送進地獄也不是什麼奇怪的事。

沒錯。結果我還是沒能救出姊姊。在那棟猛烈燃燒的宅邸裡，姊姊最後說了什麼呢？感覺好像有聽見什麼，但記憶相當模糊。

就算想問，也已經辦不到了。不管想做什麼，都已經太遲了。

黑暗當中，只有意識異常地清醒。我會不會就這樣連消失都辦不到呢？

永遠坐在這個地方嗎？神明也真的很會思考殘忍的處罰呢。稱之為地獄真的太貼切了。

如果哭得出來，我應該早就哭了才對，但眼淚已經流不出來了。寂靜當中，只有時間不斷地流逝。

啊，這就是孤獨嗎？

剛開始在宅邸裡生活時，我也曾想過那就是所謂的「孤獨」，然而和現在比起來，當時是多麼地受寵啊。

因為太過寂寞，我不自覺地吐出幾個字。

「……有沒有人在啊？」

不可能有人。這是我一邊這麼想，一邊說出來自虐的話。理所當然沒有回應，也沒有出現任何人拍我的肩膀。

可是，是怎麼回事呢？

遙遠的另一頭，在我開口說話之前還不存在的微弱光芒，忽然亮起來了。

這出乎意料的狀況讓我跳了起來。雖然渺小，但那盞從黑暗當中浮現出來的燈火，看起來比任何事物都尊貴。

我起身，全神貫注地朝著光芒前進。

那盞燈火搞不好其實也是處罰之一，可能只是不管走多久都無法接近的幻覺也說不定。

但我還是沒有停下腳步。我僅僅只是，想要有個可以依靠的東西。

走了一陣子，光芒變得越來越大，讓光源開始隱隱約約地浮現出來。

先是外型輪廓，確定了它的大小，一直跑到還差一點點就能抵達的地方之後，我停下腳步。

明明跑了這麼遠的距離，我的呼吸卻一點都不急促。看來我果然死了，而這裡就是死後的世界。

沒錯，一定是這樣。肯定不會有錯，但……

「既然如此，為什麼這種地方會有房子呢……」

眼前出現的，是一棟跟這個黑暗世界八竿子打不著關係的，看起來有點可愛的西洋風格建築物。

我看了看四周，附近別說是顯眼的東西，連半個有形的物體都看不見。這棟看起來夢幻感十足的房子，真的就這樣毫無脈絡可循地矗立在黑暗之中。

……記得之前電視上有介紹過隱密餐廳呢。

我莫名想起了一些無聊的東西，不過在這邊開店到底有誰會光顧啊？死人嗎？

不，等等。事情搞不好真是這樣也不一定啊。

有些事情必須死了以後才知道。至今我覺得是常識的東西，到這裡就很難講了。

例如地獄，說不定就和我想像的地方不一樣。搞不好有機會遇見親切的死神招待美味的湯啊。

不管怎麼說，我現在沒有其他地方可去。而且也沒有什麼可以失去的東西了。

我走到那棟房子的屋簷下，站在木製大門的前方，舉手敲門。

……沒反應。

本來想試著打開看看，可是自己卻在這種情況下莫名地在意禮節。

輕輕握住拳頭，準備再敲一次的時候，門忽然無聲無息地打開了。

「……這、這到底是在開什麼玩笑？」

迎接我的人，是個外貌打扮稍微有點奇特的妙齡女子。

身材嬌小，用一條紅色帶子紮住了一頭亂糟糟的黑髮。

因為四周很暗，很難看清楚，不過這個人的自然捲似乎相當嚴重。紮成一束的頭髮，捲翹的程度有點超乎尋常。

她似乎對我的來訪相當吃驚，只見那雙注視著我的眼睛瞪得斗大。

這棟房子大概沒什麼訪客吧？也就是說……這裡並不是餐廳。

「那個……請問這裡到底是……」

才說到這裡，大門便砰！的一聲關上。

雖然我多少也做好覺悟，不過被人這麼明白地拒絕，還是有點傷心。至少聽我講完一句話也好嘛。

我還僵直著沒有動作時，大門看似小心翼翼地再次開啟。

不過這次沒有全開，而是開了大約十公分的細縫，而剛剛那個人則是從隙縫中偷看著我。從對方露出來的局部表情來看，可看出她真的非常驚訝。

「……妳到底是什麼東西？」

什麼東西？這還真是相當稀奇的說話方式。不過既然她都開口問了，我也做出回應。

「我是……蕾。妳是？」

我的回應似乎不在她的意料之內，那個人的眼睛再次睜大，彷彿在說「嗚哇，真的回答了」一樣。

而且連名字都聽到了，所以相當動搖吧。她狼狽不堪地說著「為、為什麼非得告訴妳啊」，迴避我的問話。

明明是她主動發問，這個反應未免太過分了。我有點生氣，忍不住提高了語調。

「是妳先問我的，妳也應該告訴我才對吧！」

可能是沒料到我會這麼強硬，門縫裡的那雙眼睛稍微游移了一下，然後那個人開口。

「A……AZAMI。」

「AZAMI……小姐？」

「小、小姐？不，不必加小姐。AZAMI就好。」

看來是個相當堅持不加敬稱的人。

如果堅持要直呼其名，那就照做吧。照這樣看來，應該也不需要用敬語了。

看起來似乎不是一個粗暴的人。只要好好溝通，說不定她會願意告訴我各種事情。

「妳住在這裡嗎？我有很多很多事情想問。」

「那、那是我的台詞。妳這傢伙為什麼進到這裡來了？目的是什麼？」

ＡＺＡＭＩ一點也不打算加大十公分寬的門縫，用尖細的聲音這樣問道。

看她小心翼翼到這種程度，讓人覺得自己彷彿變成了童話世界的大野狼。

啊，這樣根本沒完沒了。不過現在還是先回答她的問題吧。如果現在她改變主意，鎖上大門的話，那才是真正的走頭無路。

「唉……我沒什麼目的，因為我一醒來就在這裡了嘛。至於妳問是怎麼進來的……我想應該是自己死掉了，所以才來到這裡。」

這回答可能有點太籠統了。不對，我其實真的只能回答出這點東西。

不如說，這個人應該更清楚這些事吧。總覺得我們雙方似乎有些誤會。

可是ＡＺＡＭＩ立刻瞪大了眼睛，像是被我的回答嚇到了似的。

「死掉……？妳、妳是說那個時候被吞噬的意思嗎？」

「被吞噬……啊！」

這麼說來，我的確記得自己臨死之前看到像是一張大嘴的東西。雖然不確定是不是被那個東西吞掉，不過她說的應該就是那個吧。

「好像……有看到那種東西。」

「真、真的嗎！快詳細說出來！」

ＡＺＡＭＩ似乎對此相當感興趣，但是大門的細縫卻一點都沒再打開。

這樣實在讓人有點心急，於是我提出建議。

「知道了。我會全部告訴妳……可以讓我進去裡面嗎？」

在門後動個不停的ＡＺＡＭＩ應聲停了下來。看來她非常抗拒別人進入她家。

ＡＺＡＭＩ暫時思考了一下，再三確認道：「妳應該沒有打什麼壞主意吧？」

壞主意是指什麼？難道她覺得我會把她抓起來吃掉嗎？

「我才沒想過那種事情。應該說，我身上哪裡有值得妳害怕的地方啊？」

我這麼一說，ＡＺＡＭＩ似乎也覺得「的確如此」，最後終於打開了門。

「……進來吧。」

簡短回應後，ＡＺＡＭＩ轉身入內。

我跟在她的身後走進房子裡，發現房屋內部的風格比外觀更加奇幻。

室內的牆壁全部排滿書架，裡面塞滿了看似古書的書本。雖然宅邸也有類似的房間，不過我記得那裡太過奢華，讓人覺得反感。

關於這一點，這個房間有種莫名可愛的感覺，就個人喜好來說，絕對是這裡大獲全勝。

當我正在左顧右盼的時候，ＡＺＡＭＩ又是一臉疑惑地凝視著我。

「這、這裡可沒有值錢的東西。」

她大概覺得我正在物色是否有值錢的東西吧。這個人的警戒心真的強到不可思議的境界呢。

「就說我並沒有打算偷東西了……」

ＡＺＡＭＩ用鼻子輕輕發出「哼」一聲，伸手朝著窗邊的小椅子一指，開口說出「妳去坐那邊」。

我依照她的指示坐了下來。

擺放手肘的地方剛好有張小桌子。這樣的家具配置，最適合一邊看書，一邊飲用紅茶之類的飲料了。

ＡＺＡＭＩ在桌子另一邊的椅子上坐下，又開始盯著我看。

回想起剛剛的狀況，有人登門拜訪這件事大概真的很少見。不對，剛剛ＡＺＡＭＩ一開始說出來的話是「到底在開什麼玩笑」，搞不好是第一次有客人來訪也說不定。

因為連內部裝潢也很完善，所以莫名可以接受，可是越想越覺得這棟房子不太對勁。

四周明明沒有街道，但是這些書本還有桌椅，到底是從哪裡拿來的呢？

還有關於這個世界的事，總之我想問的問題實在太多了。

因為我不說話，AZAMI就完全沒有問話的意思，所以我開口發問：

「那麼……這裡到底是哪裡？妳好像一個人住在這邊，妳知道些什麼嗎？」

聽了我的問題，AZAMI露出不高興的表情。

「妳問我知道什麼？我當然知道，畢竟這裡可是我創造出來的世界啊。」

……是我聽錯了嗎？

「呃……妳是說造出這棟房子嗎？」

AZAMI更加用力地鼓起雙頰。

「造出這棟房子的是我先生，我是說創造出這個世界的人是我。」

感覺在雞同鴨講。創造出這個黑暗世界的人是AZAMI？

這麼嬌小的女人，獨自一人做出創造世界這種像是神明才辦得到的事？其實有點難以置信耶。

我持續發愣，似乎讓她覺得自己被人懷疑了。

只見ＡＺＡＭＩ依然一臉不高興，粗聲粗氣地說出「看來妳不相信啊」隨後垂下目光。

要是現在讓對方不開心就麻煩了。可是我也沒有辦法就這樣相信她，所以我決定老實說出來。

「沒有啦，與其說我不相信……應該說創造世界這種事情，不是人類能夠辦到的……」

「人類能夠辦到……？」

也不知道這句話哪裡讓人驚訝，總之ＡＺＡＭＩ愣愣地張大了嘴巴。這個人真的會在各種奇怪的地方出現反應呢。

「妳這傢伙，把我當成普通人類嗎？」

「咦？呃，是啊，就是普通的女人這樣……」

話還沒說完，我總算發現了。

鮮紅色的眼睛，東翹西翹的頭髮。兩邊臉頰上覆蓋著少許鱗片。模樣有點古怪，不過這一切看起來都不像在說謊。

然而越看越覺得，ＡＺＡＭＩ那些特徵應該不是化妝之類的東西。

「妳……不是人類嗎？」

我這麼一問，ＡＺＡＭＩ尷尬地說了句「怎麼會有這麼奇怪的人」。

……不，我覺得在這種狀況下，真正奇怪的人不管怎麼看都應該是ＡＺＡＭＩ才對。

再說「不是人類」什麼的，正常來說應該是難以置信的事。

至於ＡＺＡＭＩ的外貌，也不至於完全無法說明。像電影當中就有利用特殊化妝做出恐怖臉孔的例子，考慮那一種的可能性反而比較符合現實。

可是……如字面上所說，這個說法只有「如果這裡是現實」才會成立。

因為我已經死了，所以像現在這樣說話本身就已經是非現實的事情。

如果ＡＺＡＭＩ不是人類，我也沒有任何證據能證明剛剛她所說的「創造出這個世界」是在說謊。

也對，我誤會了一件事。這裡並不是遵循常識的世界啊。

如果要傾聽ＡＺＡＭＩ說話，那麼首要之務，可能就是捨棄「常識」這個固定概念也說不定。

「……對不起，我有點懷疑妳剛剛說的話。」

我開口道歉，ＡＺＡＭＩ隨即露出看見珍奇動物似的表情，回答：「不，我是無所謂……」

短暫沉默之後，我再次嘗試開啟對話。

「關於這個地方……我剛剛完全以為這裡是類似地獄之類的地方。」

「地獄？喔，你們人類創造出來的那個可笑迷信啊。那種東西當然不可能存在啊。」

「雖然妳這麼說，但這裡也是很類似的地方吧。話說回來，ＡＺＡＭＩ，妳是怎麼創造出這種地方的啊？」

窗外依然是一片漆黑的世界。然而這一幕當然不可能是用油漆刷出來的。創造出廣大空間的方法。這才是最脫離常識範圍的東西。

我漸漸對ＡＺＡＭＩ的存在湧現出純粹的興趣。

ＡＺＡＭＩ將原本氣呼呼的表情恢復原狀，有點厭煩似的回答。

「我和你們人類不一樣。可以做到絕大部分的事情，只要使用能力，這種世界也能簡單創造出來。」

說到這裡，ＡＺＡＭＩ的嘴角自豪地上揚了起來。

可以簡單創造出世界，這真的像是神明才能做到的事。難不成ＡＺＡＭＩ真的是類似神明的存在嗎？

然而一旦開始聊到這種事情，就會忍不住想看。

我繼續拋出疑問：

「很簡單的話，那麼現在就可以在這邊嘩的一聲隨手做出來嗎？」

我這句話，讓ＡＺＡＭＩ的肩膀重重震了一下。

「現在，那個……做不出來。」

「……那妳可以做什麼？」

「唔……做、做不了什麼事。」

剛剛的自信不知道去了哪裡，只見ＡＺＡＭＩ垂下肩膀，低下頭去。

總覺得，這樣看起來不就像是我在欺負她嗎？

「幾、幾乎所有能力都留在身體那邊了。所以現在只能像這樣說說話而已……」

說到這裡，ＡＺＡＭＩ露出快要哭出來的表情。

真是個讓人摸不清到底是好厲害還是一點都不厲害的人啊。

我毫無興趣地「嗯哼」了一聲，ＡＺＡＭＩ立刻惱怒似的提高了音量。

「妳、妳這傢伙根本不相信吧？很好，等我能力恢復的時候，第一件事就是讓妳這傢伙好好見識一下！」

不，那個……其實大可不必做到這種程度啦。

更正確來講，我根本沒必要懷疑ＡＺＡＭＩ。因為就算騙了我，她也得不到任何好處，而我就算在這種狀況下被騙，也不會有任何損失。

所以我決定，把這些事都當成是真的，好好聽她說。

「怎麼說呢，妳那……能力？留在身體那邊是什麼意思？ＡＺＡＭＩ不是有身體嗎？」

我這句話，讓ＡＺＡＭＩ嘆了一口氣。

「看起來像是有身體，不過實際上並非如此。現在是使用『覺醒』這個能力，只有意識在行動。」

覺醒？這能力的名字還真是爽快。

不過光憑剛剛的說明，實在很難接受。只有意識在行動到底是什麼意思啊？

我疑惑地歪著頭，而ＡＺＡＭＩ順勢補充道：「大概就像你們說的『魂魄』吧。只有那個在活動。」

原來如此，這樣就簡單多了。可是，等等，這也就是說……

「那、那不就是幽靈嗎……？」

我這麼一問，ＡＺＡＭＩ像是十分錯愕似的回答。

「妳不也是類似的東西嗎？」

啊，這麼說也對。我真的對自己已經死掉這件事沒什麼感覺呢，真傷腦筋。

ＡＺＡＭＩ看向窗外，抱怨似的繼續說了下去：

「很久很久以前，我被一個惡劣的傢伙騙了。不管是身體還是家人，全部都被奪走了。雖然好不容易才逃到這裡，可是如果沒有能力，就什麼都辦不到……」

總覺得越聽越覺得是個悲慘的故事啊。

連家人也被奪走……意思就是，她一直都是孤伶伶地待在這裡嗎？

換作是我，只要稍微落單一下子就會覺得自己快要發狂，然而ＡＺＡＭＩ卻……

「……不能想個辦法拿回身體嗎？例如直接殺進那個惡劣傢伙的地盤。」

聽了我的話，ＡＺＡＭＩ露出苦笑。

「就算我的意識回到身體裡，現在還是做不了什麼事。因為我失去了一個叫做『目光合體』的『可以支配能力的能力』。」

「失去……是掉在什麼地方了嗎？」

「不，不是的。我把那個能力給了孫女，替代她的生命。」

ＡＺＡＭＩ邊說邊憂傷地瞇起眼睛。

「孫女現在待在外面的世界，不知道她過得好不好。我希望她獨自一人不要感到寂寞，可是……」

ＡＺＡＭＩ深紅色的眼睛裡，可以清楚看到淚水越積越多。

我也很清楚見不到家人這件事到底是多麼地心酸。

ＡＺＡＭＩ一定也因為見不到她的孫女，而一直……

……嗯？

「Ａ、ＡＺＡＭＩ已經是奶奶了嗎？」

「怎、怎麼了？那有什麼好大驚小怪的？」

說什麼大驚小怪，ＡＺＡＭＩ的外表看起來頂多就是二十歲前後啊。怎麼看都不像是「奶奶」的年紀。

剛剛說什麼「創造世界」或「靠意識行動」之類，如果把超乎現實的東西說到那種程度，反而會因為詭異過頭而不再產生懷疑，但是她這副模樣竟然已經有孫子了……！

不行，想像力發揮過頭，怎麼樣都接受不了。

我正慌張不堪的時候，ＡＺＡＭＩ忽然笑了出來。

「剛剛不就說了，我不是人類啊。既不會像你們一樣年歲增長，外表也不會改變。」

ＡＺＡＭＩ表現出樂不可支的樣子，說完這番話之後伸手擦去眼角的淚水。

「真是的，真的作夢都沒想到還會跟那傢伙以外的人類進行這樣的交談。妳這傢伙真是有意思啊。」

有意思這個形容應該沒有任何惡意，不過被她笑成這樣，總覺得讓人莫名難為情起來。我覺得自己的臉變紅了，忍不住換了個話題。

「話、話說！關於那個，剛剛ＡＺＡＭＩ想問的事情。妳好像對我來到這個地方相當訝異的樣子……」

ＡＺＡＭＩ一副「妳在說什麼？」似的歪過了頭，隨後立刻回神，整個人探了過來。

「對、對了！妳剛剛說妳在臨死之前被吞掉，然後就來到了這裡對吧！那是真的嗎？」

「咦？呃……我想應該是的。」

我是針對ＡＺＡＭＩ前半段「剛剛說過」這個疑問做出了回答，不過不管是前半或後半，應該都沒錯。

在熊熊烈火當中張開的大口……明明我對死亡的其他記憶都很模糊，可是不知為何，就只有那片光景記得特別清楚。

「妳、妳那個時候是一個人嗎？該不會身邊還有其他人吧……」

「呃，嗯，我和姊姊兩人在一起。」

一聽到我的回答，AZAMI的臉色瞬間刷白。

「怎、怎麼了？那樣難道有什麼問題嗎？」

「我現在對這個世界……對『KAGEROU DAZE』處於完全無法發出指示的狀態。雖然有想過這個可能，不過事情竟然變成了這樣……」

「KAGEROU……DAZE」？是AZAMI幫這個世界取的名字嗎？

雖然不太了解這個詞的意思，不過……感覺發音聽起來還不錯。

AZAMI剛剛說「處於無法發出指令的狀態」，意思應該是指現在的AZAMI並不具有控制這個世界的力量吧。

而且她剛剛也說她把幾乎所有能力都留在身體裡，可能就跟這件事有點關係也說不定。

不過，這和我被這個世界吞噬是怎麼連繫在一起的？

我反問「這是什麼意思？」之後，AZAMI像是欲言又止似的說了下去：

「過去我還擁有能力的時候，我的女兒和孫女在『KAGEROU DAZE』外面的世界遭人攻擊。兩人的狀況都非常糟糕……我實在看不下去，於是對『KAGEROU DAZE』做出指示——『把即將死去的兩個人吞進來』……不過，女兒和孫女來到這個世界的時候都已經死了，所

以我只好給予她們替代用的生命。」

「替代用的生命……」

大概就是ＡＺＡＭＩ剛才用來比喻的「靈魂」之類的東西吧。

我等她繼續說下去，只見ＡＺＡＭＩ在我面前張開雙手手掌。

「我原本擁有十種能力。那些能力似乎可以成為人類的替代生命，不過要看性格是否相合。當時適合用在女兒和孫女身上的能力，偏偏兩人都是『目光合體』……就是用來控制『KAGEROU DAZE』本身的能力。」

說到這裡，ＡＺＡＭＩ的聲音忽然顫抖起來。

「我不知道自己該把這條『生命』交給哪一個人才好。不過女兒開口了，說她不要……那個意思就是讓給孫女，所以我就……」

ＡＺＡＭＩ邊說邊撲簌簌地掉下眼淚。

……真是殘酷的事啊。

一條生命，適用者卻有兩人，如果無法均分的話，那麼能夠復活的勢必只有其中一人。

ＡＺＡＭＩ的女兒，把生命讓給了孫女……也就是讓給了她自己的女兒……所以她肯定已經不在這個世上了吧。

ＡＺＡＭＩ輕輕吸了吸鼻子，繼續說道：

「……在那之後，我別說是『KAGEROU DAZE』，就連自己的能力都幾乎無法運用。雖然好不容易使出了『覺醒』，但這個能力遲早也會無法使用吧……」

ＡＺＡＭＩ凝視著自己的手掌，表情流露出一絲不安。

能夠替代生命的能力，以及這個世界的內情……雖然完全不合常理，不過ＡＺＡＭＩ的故事確實可以用古怪的道理講通，實在不像是謊話。

可是就算聽了這麼多，我還是有無法接受的地方。

「我大概了解了……可是ＡＺＡＭＩ，妳的故事和我被吞進這裡的原因，兩者之間有什麼關係嗎？」

ＡＺＡＭＩ露出愧疚至極的表情，彷彿哭著說話似的回答：

「……妳還不懂嗎？我只有命令『KAGEROU DAZE』『把即將死去的兩個人吞進來』，可沒有命令它『停止』啊。」

有一瞬間，我沒能了解這句話的意思。

只有命令，也就是說，這道命令就是最後一道命令。

ＡＺＡＭＩ做出的最後一道命令是「把即將死去的兩個人吞進來」。

想到這裡，一個令人厭惡的推論閃過我的腦海。

「等、等一下。所以意思就是……」

ＡＺＡＭＩ靜靜地點了點頭。

「現在『KAGEROU DAZE』正一視同仁地將『即將死去的兩個人』持續吞沒。這個世界沒有時間存在……被吞進來的人，連死亡都無法實現，只能永遠在這裡徘徊。就像……現在的妳一樣。」

ＡＺＡＭＩ的紅色眼睛籠罩著一片哀戚，朝著我看來。

正常來說，胸口應該會產生悸動也說不定。腦袋裡亂成一團，就算變成那樣也不奇怪。可是我的胸口別說是心跳加速，根本一點動靜也沒有。是啊，我其實早就已經死了啊。

ＡＺＡＭＩ肯定沒有說謊。

如果只是想讓我害怕，應該還有很多更恐怖的故事可說。而且……如果是撒謊，我覺得她應該露不出這麼悲傷的表情。

沒有時間的世界……「KAGEROU DAZE」。

如果規定吞進兩個人的話，那就表示原本在一起的姊姊也一定在這個世界的某處吧。

就跟遇上ＡＺＡＭＩ之前的我一樣，獨自一人孤零零地坐在黑暗之中。

如果「死亡」就是感受不到任何東西的話……什麼嘛，這裡果然是地獄沒錯啊。

無法死去，也無法消失，我們被永遠困在這裡。

我感受不到任何不可思議感或恐懼。內心只充滿著無處可去的悲傷。

「……妳、妳這傢伙，為什麼能使用『那個』？」

ＡＺＡＭＩ忽然大喊出聲。

殷紅色的眼睛，就像先前第一眼看到我的時候一樣，睜得大大的。

ＡＺＡＭＩ好像說了……「使用」什麼東西？到底是什麼意思？

我什麼都沒做。只是低頭看著桌子，陷入沉思而已。

「咦？妳、妳在說什麼？我不太懂……」

我的聲音似乎也沒有傳進她的耳裡，ＡＺＡＭＩ喀的一聲推開椅子起身。

還在想她要做什麼的時候，這次忽然朝著我的胸口抓來。

「嗚哇！」

被ＡＺＡＭＩ突如其來的行動嚇到，我轉了一個身躲開她。

「等等……妳幹什麼啊！這麼突然！如果有什麼看不順眼的地方……？」

我從椅子上起身，加重語氣對她開口，只是話還沒說完，我就看到ＡＺＡＭＩ行跡詭異的模樣，不由得閉上了嘴巴。

剛剛轉過身的我，隔著一張椅子站在窗戶的對面。

另一方面，ＡＺＡＭＩ則像是貓咪在逗弄什麼東西一樣，在我剛剛坐著的椅子上方動手揮個不停。

而且她還配合著她自己的動作，口中念念有詞地喊著「喂……喂……」，像在念咒一樣。

……啊，ＡＺＡＭＩ壞掉了。

是因為孫女的事情煩惱過頭，終於超過忍耐限度了嗎？

不，這不能怪她。雖然只從她口中聽到一點點來由，但還是可以確實感受到她的心酸。

肯定是因為跟我吐露了心聲，進而解開某種箝制了吧。

莫名感到內疚的我，伸手輕輕撫摸不斷拚命喊著「喂！」的ＡＺＡＭＩ的後背。

「嗚哇啊啊啊啊！」

ＡＺＡＭＩ立刻跳了起來，手邊的桌子也被她的動作帶動，連人帶桌翻倒在地。看著ＡＺＡＭＩ比剛才更詭異的行動，我再也忍不住向後退了幾步。她到底是怎麼一回事？為什麼會這樣大鬧呢？

ＡＺＡＭＩ揉了揉自己重重撞在地上的腰椎，隨後立刻怒氣沖沖地瞪著我。

「哪、哪有人這樣突然嚇人的！妳到底在想什麼啊，這個笨蛋！」

突然被罵得狗血淋頭，讓我忍不住一把火冒了上來。

「什、什麼笨蛋啊……我明明是因為擔心才叫妳的吧！應該說，妳也稍微想想我這個被無視的人的心情好嗎！」

ＡＺＡＭＩ被我的反擊搞得相當狼狽，恨恨地說著「妳這傢伙……」。

本來以為她會反駁些什麼，不過反應似乎沒有想像中那麼大。這個人，態度雖然很狂妄，個性卻意外膽小啊。

ＡＺＡＭＩ就這樣保持著癱坐在地板上的模樣，朝我用力一指，然後用稍微柔和了幾分的口氣說道：

「說、說到底，突然消失的人明明就是妳吧。在消失的時候開口說話，我當然不可能聽見啊。」

「消失?呃,我從剛剛開始就聽不懂妳在講什麼?」

AZAMI的表情就像在說著「啥?」,原本筆直指向我的食指瞬間軟了下去。

「妳不是用了『隱藏』嘛。那樣我當然不可能看得見啊。」

唉……真是,沒完沒了啊。這個人到底在說什麼?

我開始煩躁起來,這時AZAMI忽然倒抽了一口氣。

「難、難道,妳是在無意識之中使用出來的嗎……?」

「所~以~說~……我聽不懂妳在講什麼啦!講清楚一點!」

我氣得吼了出來,AZAMI應聲抖了一下肩膀,整個人縮成一團。

我沒想到她會變成這個樣子,連忙開口道歉「啊,抱歉……」,然後AZAMI才像個小孩一樣微微點頭。

……這個人不是已經有孫子了嗎?

AZAMI一邊輕拍自己的衣服一邊起身,右手扠腰,開口說道:

「妳剛剛使用的能力叫做『隱藏目光』。當妳使用它的時候,可以讓絕大部分的東西消失無蹤,不管是自己的身影還是其他什麼東西。」

「是喔~……等等,我使用了能力?什麼時候!」

「呃，就說是剛剛用的啊。在毫無自覺的狀況下使用能力，感覺就像是看到過去的我一樣啊……」

說完，AZAMI伸手按住眉頭，唉~的一聲嘆出一口長氣。

我使用了能力？這個人到底在講什麼啊。我只是稍微想了一點別的事，既沒有詠唱什麼奇怪的咒文，也沒有做出施法的動作啊。

看到我明顯表現出懷疑，AZAMI丟下一句「妳在這邊等一下」，轉身朝著書架中間的小桌子前進。

她在那邊東翻西找一陣子之後折了回來，手裡多了一面小小的手鏡。

刻意站在我正前方的AZAMI，把鏡子舉到我的眼前，唐突地對我說「好，妳試試看」。

「啊？不，就說我並沒有使用那種力量……」

然而不管我說了什麼，AZAMI都維持著冷漠的表情，一語不發地舉著鏡子不動。我的臉倒映在鏡子裡，上面寫著滿滿的厭煩。

那個，就算叫我試試看，我又不知道做法，而且這種事情我根本不可能做到……

本來打算向AZAMI再抗議一次，但我敗在她無聲的壓力之下，總之先閉上眼睛，試著冥想看看。

可是剛剛我也沒有特別想些什麼。只是莫名想起了跟我一起被吞噬的姊姊而已。

……話說一旦想到這件事，不就是會一直回想起來嗎？儘管心裡明明知道想起姊姊只會讓自己感到悲傷而已。

「……唉。AZAMI，就說了，就說了，就算這樣做也不會有什麼結果啦。我猜多半是AZAMI妳自己看錯……了……」

我睜開眼睛，眼前是臉上彷彿寫著「妳看吧！」，露出邪惡笑容的AZAMI的身影。

不對。應該是「只有AZAMI的身影」。AZAMI高舉的鏡子裡，剛剛一臉厭煩的木戶蕾已經不復存在，上面只有原本在我身後聳立的書架一角。

「這是……怎麼回事……！」

「妳明明就會使用啊……嘿。」

AZAMI邊說邊放下鏡子，朝我頭頂輕輕一拍。這一下毫無痛感到讓人吃驚的地步。

「等等，AZAMI，該怎做才能恢復原……！」

話還沒說完，AZAMI便再次舉起鏡子讓我看。一看之下，我發現整個鏡面都被我害怕的表情占據。

「這就是『隱藏目光』的能力。真是的，竟然隨便懷疑我……」

ＡＺＡＭＩ語帶錯愕地說完後，開始動手扶起翻倒的桌子。

……天啊。我剛剛確實變成透明的了。ＡＺＡＭＩ就是看到這個，所以才會那麼驚訝。

之所以像貓一樣四處揮手，大概也是為了找出消失的我吧。至於對我的呼喚沒有反應，也是因為這個……

「這、這個能力，連聲音都會聽不見嗎？」

「說什麼傻話。就算妳到處打滾吵鬧，一樣什麼聲音都聽不見。」

ＡＺＡＭＩ一邊把桌子挪回原來的位置，一邊補充說明「除非妳被碰到」。

我吞了一口口水。

「隱藏目光」能力……超能力確實存在。ＡＺＡＭＩ說的東西都是真的。

雖然不是一開始就懷疑她，不過剛剛提到的創造世界，果然也是真的吧？

我還愣在原地的時候，ＡＺＡＭＩ坐回原本的椅子上，嘆了一口氣。

「話說回來，蕾，妳是從哪裡得到那個力量的？以前我還在外部世界時，可沒看過我以外的人使用那種能力啊。」

我輕輕搖頭。

「不，剛剛也說了，我也很驚訝啊。我根本不知道自己什麼時候突然可以使用這種能力了。」

AZAMI相當頭痛似的「唔唔～」呻吟了幾聲。

仔細想想，AZAMI問我的所有問題，我沒有一個答得上來。相信她一定覺得非常苦悶吧。

……這麼說來，原來AZAMI也曾經待在外面的世界啊。剛剛她說了「把女兒吞進來」，所以除了AZAMI以外的家人應該都在外面……為什麼AZAMI要把自己關在這種地方呢？太神祕了。

AZAMI抱頭煩惱了好一陣子，忽然驚訝地抬起頭來，凝視著我的臉。

「怎、怎樣……」

「不，是嗎，原來是這樣……」

說完，AZAMI像是自顧自地理解了什麼，不斷地點頭。

當然，就算她表現出這種態度，我也還是沒有接收到任何訊息。

我正準備開口詢問時，AZAMI似乎注意到我的反應，開始一邊思索一邊解說：

「剛剛也有提過……『KAGEROU DAZE』之所以把妳吞進來，是因為妳觸動了我過去發出的指令。妳那時正在生死邊緣對吧？」

「嗯，我想……應該是的。」

「可是這就怪了。我的女兒和孫女來到這裡的時候跟妳不一樣，並未處於可以說話的狀態。」

剛才AZAMI確實用了「狀況非常糟糕」來形容她的女兒和孫女。

其實我聽到那個說法的時候，也有出現一點疑問。如果真是那樣，為什麼我現在還是活蹦亂跳的呢……

在我追問詳細情形之前，AZAMI搶先說了下去。

「我是這麼想的……妳是不是有什麼特點，跟『隱藏目光』能力相當吻合？應該說，妳都已經實際使用過了，應該只有這個可能。」

「吻合……？」

面對遲鈍的我，AZAMI如此宣告。

「雖然不知道為什麼會這樣，不過那個能力應該已經變成妳的『替代生命』了……這不是很好嗎？」

ＡＺＡＭＩ說出這句話的時候，就像是不願被我看見她的表情一樣低下頭去。不知為何，她的嘴角似乎流露出一抹寂寞。

稍微思索了這句話的意思之後，我意會過來。

ＡＺＡＭＩ的孫女，用能力替代生命，脫離了這個世界。

這就表示我也一定會……從這個世界離開。

感覺似乎有某種混濁不堪的東西，在胸口轉了起來。

很想把那吐掉，但絕對不可能吐出來……無法忘懷的罪惡感。

看到我沮喪的模樣，ＡＺＡＭＩ疑惑地歪著頭。

那也是理所當然。本來以為自己已經死去卻又重獲新生，大多數人應該都會覺得開心才對。

這個世界大概已經吞噬了很多很多想活下去想得不得了，卻又無計可施的人吧。

姊姊也是。那個人絕對不該是死在那種地方的人。如果她活著，一定能讓無可計數的人綻放笑容。

……可是為什麼吻合的人卻是我呢？

ＡＺＡＭＩ一臉擔心地窺伺我的表情。

「妳、妳怎麼了？為什麼露出那麼哀傷的表情？我說這些話並沒有惡意啊？對了，妳可以從這個世界當中脫身……」

「……我不想出去。」

我輕聲這麼一說，ＡＺＡＭＩ立刻閉上嘴巴。

於是我順勢說了下去：

「妳剛剛說這是『隱藏目光』能力？……我不要這種力量，拿去給別人吧。因為我並不想要重新活過來。」

ＡＺＡＭＩ短促地喊了一聲「什麼」，猛然站起身來。

「妳在說什麼啊？看妳這副模樣，年紀應該還很幼小吧？應該也有一兩件想在外面完成的事情才對呀？而且……妳應該還有家人吧？」

異常擔心地說出這番話的ＡＺＡＭＩ，該怎麼說呢，感覺比外面的人類更有人味。

創造世界這種事情明明就完全不像人類，卻在這種地方與人類如此相近，這個人真的很古怪。

不過……果然是個好人啊。

ＡＺＡＭＩ的心情傳達了過來。她一定是把我和她的女兒、孫女重疊在一起了吧。

所以，說出這種話的我……真的是個惡劣到無可救藥的壞人。

「我才沒有家人那種東西呢。因為，我是殺了父親才到這裡來的啊。」

輕微──真的非常輕微地，我聽見ＡＺＡＭＩ發出一聲類似悲鳴的聲音。

我看向她，發現她的臉染上一層悲痛的神色，彷彿沉沒至無底的絕望之中。

啊，真的，為什麼這個人不是人類呢？為了剛見面不久的我感到心痛，如此溫柔的人，即使是在外面的世界也很罕見啊。

和ＡＺＡＭＩ相比，我和父親……反而更像「怪物」。

……也對，既然這樣，讓ＡＺＡＭＩ出去外面就行啦。

反正這個能力本來就是ＡＺＡＭＩ的所有物，當然不會存在吻不吻合的問題。

像那樣去找孫女見面就行了。與其讓我離開，讓她前往外部世界肯定更有意義啊。

沒錯，就這樣告訴她吧。

當我正準備把自己的想法說出來的時候，被ＡＺＡＭＩ的一句話制止了。

「……妳不會很痛苦嗎？」

這句話，讓我的胸口為之一痛。

ＡＺＡＭＩ小心翼翼地，緩緩走到我身邊，繼續說了下去。

「一、一定有什麼理由吧？殺死父親這種事……因為妳明明是個好人啊。」

說著說著，ＡＺＡＭＩ試圖把手搭在我的肩膀上。相信她只是想安慰我吧。

可是她這份心意，我無論如何都接受不了。

我用力一揮，啪的一聲甩開ＡＺＡＭＩ的手，然後大喊：

「我……才不是什麼好人！因為我殺了人……這種……這種心情，妳不可能懂吧！」

我一邊大吼一邊瞪著ＡＺＡＭＩ。

在書本的包圍下，話語在房間裡短暫地回響，過沒多久，回聲消失，換來一段小小的沉默。

ＡＺＡＭＩ現在在想什麼呢？明明這麼親切地試圖安慰我，卻被我反咬一口……

她臉上的表情，已經看不出絲毫畏懼。

任由漆黑的頭髮蓬鬆地飄蕩，只是凝視著我的臉。我完全無法從她的表情當中看出任何想法。

隨後ＡＺＡＭＩ緩緩張開了口。我再也忍不下去，轉頭不再望著ＡＺＡＭＩ。

不管她現在對我說什麼都不意外。如果要我滾出去……那我就照做。

我緊閉著眼睛等待。這時，我的頭頂上忽然傳來一陣熟悉的感覺。一直以為不可能再次感受到的那份感覺，讓我緊繃的身體瞬間放鬆下來。

「……妳一個人一定很害怕吧。我以前也有一段時間像妳一樣害怕，到處作亂。就連人類……也曾經殺死過好幾個。」

ＡＺＡＭＩ的手掌輕柔撫摸著我的頭。

我只能拚命地忍住不讓感情爆發出來，無法開口回話。

也不知道ＡＺＡＭＩ是否知情，她繼續說了下去。

「拯救我的人，是我的丈夫和女兒。將來妳也一定會遇到可以拯救妳的人。所以……」

ＡＺＡＭＩ頓了一頓，如此說道：

「……活下去吧。別做自己尋死這種蠢事。」

「既然這樣……ＡＺＡＭＩ也一起來吧。我一個人……實在沒辦法承受那麼辛酸的回憶啊……！」

ＡＺＡＭＩ露出有點傷腦筋的表情。

啊，我到底在說什麼啊。就算對象是媽媽，我也從來不曾做過這種任性小鬼般的舉動啊。

肯定不可能。如果辦得到，AZAMI打從一開始就不會待在這種地方了吧。

不過，AZAMI稍做思考之後對我說「看我這裡」，然後凝視著我的眼睛，不發一語。

那一瞬間，我全身的寒毛都豎了起來。

「凝視」……明明只是這樣而已，AZAMI散發出來的氣質卻變得和剛剛完全不一樣。

她那番石榴般的雙眼，寄宿著彷彿可以吸入一切的魄力。

恐懼……和這個可能有點不一樣。雖然是出生以來第一次產生的感覺，不過我想這應該就是所謂的「敬畏」吧。

對著連手指都無法動彈的我，AZAMI這麼說道：

「我現在要使用唯一一個寄宿在我身上的能力。只要使用這能力，就能把言語無法傳達的『所有思念』統統傳達給妳。我就告訴妳……『隱藏』真正的使用方式吧。」

我無法回答，也無法點頭。身體簡直像是變成石頭一樣。

ＡＺＡＭＩ臉上清楚浮現出剛剛沒有讓我看見的寂寞表情。

「『隱藏』能力……連『記憶』也可以隱藏。就算是侵蝕著妳的『過去難以忍受的回憶』，也可以完全覆蓋隱藏起來。把痛苦的回憶，還有關於我的回憶統統忘掉，幸福地活下去吧。」

我掙扎著想開口說話。

這一定是最後一刻了。我必須想個辦法，就算一句話也好，必須告訴ＡＺＡＭＩ……必須說出去。把我的想法化成語言。

「對了，如果妳在那邊遇上我的孫女……能拜託妳跟她好好相處嗎？」

「……我知道了，我答應妳。」

最後的最後，ＡＺＡＭＩ平靜地露出微笑，深紅色的眼裡噙著淚水，開口說道。

「……『關注』。」

Children Record side -No.1- (3)

我在即將消散的意識當中想起了所有事情，如今只能任由雙眼不斷流下眼淚。

已經什麼也看不見了，連自己的聲音都聽不到。

雖然想起來的時機實在太晚，不過語言一定可以傳達出去。

於是我張開了口。為了說出自己的思念和意志。

「MARI，妳聽得到嗎？」

「妳擁有特別的力量。」

「這是很久以前，我的朋友告訴我的。」

「所以妳就呼喚那個名字吧。」

「那傢伙一定會拯救大家。」

「ＭＡＲＩ，對不起，沒辦法陪在妳身邊。」

「……大家就拜託妳了。」

最後的最後。

早已消失殆盡的意識盡頭，我確實聽見了一句話。

「來吧，『KAGEROU DAZE』。」

死神Record V

……那個閃閃發亮的四方型箱子是什麼？
真是的，不過只是稍微沒注意，難道又誕生了什麼奇怪的東西嗎？
從那個時候開始就一直沒變過。這個世界真的越來越危險了。

仔細一看，才發現發光箱子的前方，站著一個奇妙裝扮的男人。
他看著我的臉，訝異地瞪大了眼睛。
雖然外表是人類的樣子，不過一眼就看出來了。「目光明晰」……是那傢伙。

我的腳下，躺著一個人類。
雖然有著明顯的成長，不過這傢伙我也是一眼就認出來了。
……以前不是約好了，取回力量之後會第一個讓妳見識見識的嗎？

但妳竟然死了……這樣不就沒辦法看了嗎？真是笨蛋。

我體內的血液，彷彿沸騰一般洶湧奔流。

這股湧上心頭的感覺……是「憤怒」吧。

雖然不知道孫女的身體能做到什麼程度……算了，應該不會有問題。

畢竟，我可是無法套用一般常理的「怪物」啊。

「少做這種沒寫在劇本上的事情啊，妳這傢伙……！」

眼前這個男人，正放肆地狂吠。

這傢伙以為自己在跟誰說話？

明知道不管世界重生多少次，對我刀劍相向都毫無意義啊。

「……放心吧。你創造出來的這個無聊故事……」

「現在，我就讓它全部結束。」

Children Record side -No.0-

「……所以，進行得很順利嗎？雖然我還是完全無法相信妳說的話就是了。」

「咦咦？嗯～不知道耶。一切都看『AZAMI的思念』吧。」

「唉。算了，都無所謂。反正不可能得救。」

「不可以這麼說。那個人……一定會來救我們的。畢竟都約好了呀。」

「……難講。」

「啊哈哈。姑且相信那個人吧。」

「……我考慮看看。」

「嗯嗯。那麼，我也差不多該走了。」

「啊？妳要去哪裡？」

「嗯？這個嘛……」

「我要去找我的英雄。」

眼中進砂的故事

真的超久不見了，我是じん。
距離第六集發售已經讓大家等待了超過一年以上。這是我使出渾身解數的第七集。
哎呀～～這一年真的發生太多事情了。
先是住家沒了，又是員工離職什麼的，簡直就是恐慌派對一樣的狀態啊（璀璨豪華感）。
也因為很多事情頭痛消極，不過總算是……嗯？
頭痛消極……？
偷摸小雞雞……？
真像（笑臉）。

那麼，這次的《KEGEROU DAZE陽炎眩亂7 - from the darkness -》感覺如何呢？

這一集的主角是我們的團長小KIDO（親近感）啦，不過，嗯，沒什麼大不了，她只是KAGEROU DAZE史上最難用主觀角度寫作的地獄角色而已。

上一集的遙的難度也很高，是一邊哀號「遙學長實在純潔過頭了啦～（哭）」一邊完成的，但是這一集完全超越了當時的難度，真的，沒騙你。

年幼的蕾，不只性別跟我不一樣，連年紀也完全不同，所以很難理解那種感覺，真的吃了很多苦頭。

可是，要是我做出「找間國小去調查一下小女孩的實際情形吧」一定會上社會新聞，到時候就要接受波利士大人的照顧了。

如此這般，一名二十五歲的男子（職業不詳）每天晚上都在自言自語地說著「小蕾啊～快告訴叔叔妳在想什麼吧……」這種詭異的話然後努力創造出來的角色，就是木戶蕾小妹妹。真是讓人熱血沸騰啊。

然後，小說《KEGEROU DAZE》的故事也即將迎向最終結局。

老實說，沒有寫出來之前實在很難講，不過我想下集應該就是最後一集了。

自從開始寫作已經過了四年。

多虧有許多合作同仁和願意閱讀本書的各位讀者支持，我才好不容易走到了現在這一步。

感謝之情真的是滿心滿胸滿乳暈（睽違四年第二次）。

其實我現在正在煩惱最後一集的架構。我認為應該是正確答案的形式，總共想出了兩種。

因為我有一個想透過作品傳達出來的「主題」，一直在想最後應該要用什麼形式把它表現出來……

至少作品當中登場的孩子們，都會在下一集面臨巨大的抉擇。

如果可以的話，希望大家都能抱持著期待。為了回應大家的期待，我也會拚命做仰臥起坐的（動手寫啊）。

這麼說來，冬天會上映以《KEGEROU DAZE》為題材的電影作品（註：此指日本發售當時）。

好像是遊樂設施的４Ｄ電影，放映途中椅子會跟著搖晃。超厲害的。

雖然我也非常非常地期待，可是我的半規管就跟作品裡登場的角色一樣孱弱，放映途中不知道能不能支撐得住。

先前去遊樂園玩的時候，坐了第一個遊樂設施我就吐了（節哀）。

一同前往的朋友度過了快樂的一天，而我則是一直坐在椅子上看著吉祥物玩偶秀，這份回憶我不會忘記。

不過根據我聽來的消息，電影院的設備似乎設計成不擅長坐遊樂設施的人也成安心乘坐的樣子。

覺得「會頭暈的設施有點那個……」的各位，有機會的話也請務必嘗試看看。我當然也會去看的。

那麼那麼，雖然意外有點早，不過後記的篇幅只剩下一點點了。

雖然這一集也是在萬般苦惱之中完成，不過越是費盡心血，就會越覺得寫出來的故事惹人憐愛。

故事裡，蕾受到了「凜」和「薊(AZAMI)」兩個以花為名的人物影響。然而，憧憬著盛開的花朵，身為團長KIDO為人所愛的她，在團員們眼中又是什麼樣的花呢？如果能把一些想法也傳達給大家的話，那就太好了。

然後，下一集也有一個擔任主角的角色。

這個角色也是個非常笨手笨腳的人，是非常適合擔任最後一集主角的存在。

與KAGEROU DAZE糾纏不清的孩子們的戰爭也即將進入最高潮，最後到底會迎來什麼樣的結果呢？

哎呀呀，真是令人期待啊（動手寫啦）。

只不過，這次的後記……好像寫得有點太認真了。

總覺得好像把事情收尾收得太漂亮了！這樣真的好嗎！不，絕對不好！

好吧～！小雞雞小雞雞小雞雞！

這樣就行了（義務感）。

總而言之，讓我們在下一集的後記再相見吧！先這樣了！

じん（自然の敵P）

封面草稿

彩色內頁草稿

内文插圖①草稿

內文插圖②草稿

内文插圖③草稿

內文插圖④草稿

內文插圖⑤草稿

内文插圖⑥草稿

內文插圖⑦草稿

Kadokawa Light Novels

隱匿的存在

Kadokawa Fantasti Novels

原案：KEMU VOXX　作者：岩關昂道　封面、彩頁插畫：hatsuko

實力派創作團體KEMU VOXX
播放次數破200萬的超人氣VOCALOID曲輕小說化！

自小父母雙亡的草平，因昔日的摯友聖從中作梗，在班上遭到孤立，和一起生活的姑姑也無法和睦相處，唯一能理解他的晴香亦成了草平無法觸及的存在。失去容身之處的草平，發現他人突然無法看見自己的身體、無法聽見自己的聲音——草平成為了透明人。

台灣角川

NT$220/HK$68

國家圖書館出版品預行編目資料

KAGEROU DAZE陽炎眩亂. 7, from the darkness / じん(自然の敵P)作 ; 佐加奈譯. -- 初版. -- 臺北市 : 臺灣角川, 2018.02
面 ;　公分
譯自 : カゲロウデイズ. 7, from the darkness
ISBN 978-957-564-043-9(平裝)

861.57　　106023798

Kadokawa
Fantastic
Novels

KAGEROU DAZE陽炎眩亂 7
- from the darkness -

（原著名：カゲロウデイズ　VII -from the darkness-）

2018年2月12日　初版第1刷發行

作　　者：じん（自然の敵P）
插　　畫：しづ
譯　　者：佐加奈

發 行 人：成田聖
總　　監：黃珮君
總 編 輯：蔡佩芬
編　　輯：黃怡珮
美術設計：宋芳茹
印　　務：李明修（主任）、黎宇凡、潘尚琪

發 行 所：台灣角川股份有限公司
地　　址：105台北市光復北路11巷44號5樓
電　　話：（02）2747-2433
傳　　真：（02）2747-2558
網　　址：http://www.kadokawa.com.tw
劃撥帳戶：台灣角川股份有限公司
劃撥帳號：19487412
法律顧問：寰瀛法律事務所
製　　版：尚騰印刷事業有限公司
ＩＳＢＮ：978-957-564-043-9
香港代理：香港角川有限公司
地　　址：香港新界葵涌興芳路223號
　　　　　新都會廣場第2座17樓 1701-02A室
電　　話：（852）3653-2888